小説　私の東京教育大学――目次

カバー画　須山敦行

小説　私の東京教育大学

真木和泉

初雪の夜

1

和田俊之が東京教育大学に入学した一九六六年、筑波移転問題はまだ一部で議論されているに過ぎず、それほど切羽詰まった重大問題とは意識されていなかった。まさかその七年後には東京教育大学の廃学が決まってしまうなどとは、俊之を含めて大学を構成する誰もが夢にも思っていなかった。今ではわずかな建物が大塚に残っているだけで、東京教育大学の歴史は完全に幕を閉じた。その代わりに創設された筑波新大学は、法律的にも実体の上でももはや東京教育大学とは異質な別の大学といわなければならない。その間政府・文部省と大学上層部によって、大学の自治と民主主義はずたずたに切り刻まれて、投げ捨てられてしまったといえる。振りかえると今でも痛切な愛惜の思いと共に、やり場のない憤りに襲われてしまう。しかし俊之の胸に去来するものはそれだけではない。そこにはもうひとつの東京教育大学ともいうべき、民主主義と自治の気風に溢れた学びの場所があった。俊之がそこで学んだものは、その後の人生をひと筋に貫いて今に至っているといってよい。

俊之は大学受験のために一年浪人したが、当時の俊之の心の中には厭世的な心情が渦を巻いていて、爆発寸前の状態にあった。高校時代を通して、ほんとうの自分を偽って生きているという思いに、俊之は苦しんでいたのである。俊之は大学への進学を願ってはいたが、その思いとうらはらに受験勉強ははかどらなかった。そのいらだちが厭世の思いをいっそう深めて、ときどきは死を考えるようになっていた。死の誘惑を寸前で思いとどまらせていたのは、両親の存在だった。俊之は父四十六歳、母四十歳のときの息子で、貧しい生活の中で愛されて育った。俊之が死ねば、年老いた両親は自ら死を選ぶことはないにしても、生きる意欲を失って長くは生きていないだろう。両親の愛情に応えなければという思いが、かろうじて死の誘惑を心の片隅に押しやっているという状態だった。こうしたぎりぎりのバランスが崩れて爆発しそうになったとき、念願の大学に奇跡的に合格したのだった。周りの教師や友人で、俊之の合格を予想した者はひとりもいなかった。ことによったら「生きてみよ」というなにかの啓示かもしれないと、溢れる喜びの中で俊之は思ったものだった。もちろんこのときの俊之の気分には、新しく始まる大学生活がことによったら生きることへの希望や夢をもたらしてくれるかもしれないという、淡い期待も含まれていた。六十五歳を過ぎた父は心の奥では俊之の就職を願っていたが、それでも俊之の希望を最優先してくれた。

「仕送りはしてやれんけんどん、俺たちの心配はせんでいい。お前の好きなことをやれ」

父はそう言って、なお現役で板金工として働き続けることを約束してくれた。

当時俊之はロシア文学に心を奪われていた。だからほんとうは早稲田大学のロシア文学科に進みたかったのだが、俊之の家の経済事情はそれを許さなかった。奨学金とアルバイト頼みの東京での生活を考えると、月当たり千円の授業料で済む国立大学以外にははじめから無理だったのである。しかし入学を許された中国古典学科は、第一志望の国文学科ではなく、たまたま申告していた第二志望での合格だった。東京で文学の勉強ができさえすればどこでもいいと、自分を納得させての上京でもあったのである。

2

ボストンバッグを持って東武東上線上板橋駅の北口を出たとき、急に不安が俊之を襲った。これからひとりでやっていけるだろうか。宮崎から送った荷物や布団袋は届いているだろうか。宮崎から二七時間半も列車に乗り続けて、俊之は泥のように疲れていた。

東京駅の山手線のホームで、いつも宮崎でバスに乗るように列の最後からゆっくり乗り込もうとした。すると身体はまだホームに残っているのに、バッグをつかんだ右手をいきなり電車のドアがはさんだのだ。俊之は焦ってしまった。中の乗客が気づいて、何人かが内側からドアを開けようとしてくれた。突然ドアが開いた。ほっとして電車に飛び込むと、今度はバッグを持った右手を外に残してドアが閉まってしまった。俊之の間抜けな振る舞いにあきれたのだろうか、今度は誰も手伝ってくれなかった。ひとりで懸命にもがいていると、ドアが再び開放された。うんざりしたような乗客の反応に包まれながら、はじめて足を踏み入れた東京をおそろしいところだと俊之は思った。

宮崎での移動手段は主にバスだった。宮崎のバスの車掌は絶えず笑みを浮かべながら、乗り降りする乗客の一挙手一投足に注意を払っていた。バスは走ってくる乗客を見ればしばらくは待ってくれるし、ときにはバス停以外でも停まって乗せてくれた。いわばシステムは人に合わせて動いてくれていた。しかし東京は逆だった。システムに自分を合わせなければ、はじき出されてしまう。ここで生活していくことは、のろまな自分に可能なのだろうか。俊之は心の深いところで怯えている自分を感じていた。

俊之がめざす寮の住所をたどって行くと、やがて左側にそれらしいコンクリートの塀が見えてきた。コンクリートの塀が途切れているところが、どうやら入り口のようだった。敷地に足を踏み入れると、木造の兵舎のような横長の建物が左右に二棟ずつ、四棟並んでいた。ここがこれから住むことになる桐花寮に違いない。左手にもうすぐ満開というようすで、桜の木が目に入った。その隣には大きなヒマラヤ杉がそびえるように立っていて、その向こうに事務所らしい建物が見えていた。近づいて俊之はヒマラヤ杉を見上げた。宮崎にヒマラヤ杉はなかったのである。幹は空に向かってすっくと立っていて、真横に伸びた枝は先端まで水平を保って、重層的に暗い茂みを作っていた。はじめて見るヒマラヤ杉は、強い春の風にあおられて大きく揺れていた。それは遠くにきたという俊之の思いを、あらためてしみじみとかき立てた。これから始まる大学生活への得体の知れない不安と怯えが、じわりと俊之の全身に広がっていくようだった。既知のものはなにもなかった。すべてがはじめてのことで、俊之の精神は極度に緊張していて、ともすれば逃げ出したくなるような自分と闘っていた。

右手の建物の壁に大きな立て看板が二枚立っている。「筑波移転を既定事実化する『調査費計上』反対！」と、「北爆を止めろ！　アメリカのベトナム侵略反対！　桐花寮自治会」と書いてあった。俊之がこれまでただの一度も考えたことのない事柄だった。しかしこれからはこれらのことに、たったひとりで立ち向かわなければならないのだ。あらためてそう思った。得体の知れない不安の他に、なにか新しい自分が生まれてくるかもしれないという期待も身内に湧いてくるようだった。

寮の敷地に入ってすぐの右手にテニスコートがあって、ランニングシャツに半ズボンの寮生が球を追っていた。あまり上手そうには見えなかった。強い風の中でラリーはほとんど続かなかったが、楽しそうに打ち合っていた。テニスは中学時代に一日だけ部活に参加した経験はあったが、それは軟式のテニスだった。軟式と硬式ではボールもラケットも違うので、テニスをやることはないだろうなと思いながら、しばらく立ち止まって眺めた。ここにこれからは住むことになるのだ。この人たちとうまくやっていけるだろうか。宮崎よりも冷たい風が吹いていたが、空は明るく晴れている。俊之は桜の木とヒマラヤ杉に隠れた事務所らしい建物に向かった。

桐花寮は完全な自治寮で、入退寮の審査や運営のすべてを寮生自身でおこなっていた。建物は二階建てで、一寮から四寮までの四棟があった。ほとんどが四人部屋で、総定員は三百二十名を超える規模である。寮費は一日に二食がついて、月に三千六百円だった。一日二食分の食費は百円ということになる。外食に比べると格段の安さである。俊之の場合、確実な収入は六月から支給される育英会の奨学金八千円だけだったから、寮に入ることではじめて大学進学は可能になるのだ。

俊之は一寮十一室に割り当てられた。十一室は二階で、階段を上がってすぐの部屋だった。ドアを開けると左右に作りつけの二段ベッドがあって、俊之には入って右側の上段のベッドが用意されていた。ベッドスペースの向こうが居住空間になっている。四隅に備え付けの机と椅子があって、俊之は手前の右側の机を割り当てられていた。それぞれの机の上や横の空いた壁は、スチール製の本棚や積み上げたみかん箱で埋まっていた。みかん箱には食器や日用品の私物が並んでいる。窓側の机は、体育学部六年の江原と農学部三年の氏家という先輩が占めていた。左側のベッドよりの机が、俊之と同じ文学部一年の鶴田である。部屋の真ん中には、小さな古い木製のちゃぶ台が置いてある。代々十一室に受け継がれているものらしかった。プライバシーを確保するとして、四隅をカーテンで区切っている部屋もあったが、十一室のプライバシーはベッドの中だけだった。それはどうやら江原の断固とした方針に基づくものらしかった。

江原の号令で、四人全員が揃った日の夜は顔合わせのコンパということになっていた。それは俊之にとってありがたいことだった。たったひとりで東京に出てきて、胸の中は不安でいっぱいだったのである。これから生活を共にする他の三人がどういう人間であるかは、一日も早く知っておきたいことだった。寮の生活については、昼間に寮委員の学生から一応の説明は受けたけれども、洗面所と便所が廊下を端まで行って下りた一階にあること以外は、ほとんどなにもわからなかったのである。

緊張した俊之の前で、江原は機嫌がいいように見えた。新入生にとって六年生といえば、どんな理不尽な要求も甘んじて受け入れなければならないような絶対的な存在である。しかし江原はそんなことをまるで感じさせなかった。俊之がそれまで聞いていた学生寮の上級生の雰囲気とはまるで違っていた。不潔、野蛮、不遜、独善といったものは、どこにも感じられなかった。長髪に近い髪型は体育学部の学生らしく見えなかったし、かなりの猫背で、背丈も俊之と同じくらいに見えた。多少日焼けした精悍な表情だけが、専門が体育であることを思わせる程度だった。意外に澄んだ大きな目をしていた。色あせたオレンジ色のジャージーのズボンに、これも色あせた元は紫色と思われるトレーナーを着ていた。新入生を迎えてうれしいのだろうか、江原と氏家がビールとトリスウイスキーとサイダーを用意していた。スルメと生野菜が置いてあるが、これがつまみなのかもしれない。部屋の真ん中のちゃぶ台の上に小さな電気コンロを置いて、スルメを炙って食べるようだ。やがて赤く熱したニクロム線の上で、スルメがくねくねと踊った。途端にスルメの臭いが部屋中に充満し始めた。まずみんなのコップにビールを注いで、

「これで四人が揃った。四人の集団生活だから、仲よくやろう。乾杯」

と、江原が音頭をとった。それから
「みんなで部屋のルールを決めておこう」

江原がスルメを裂きながら宣言した。

「部屋のみんなの生活に関係することは、民主的に話し合いで決める」

「意見が違ったらどうするんですか」

鶴田が訊いた。鶴田は俊之と同じ一年生なのに、すこしも遠慮がないように見えた。

一週間早く入寮したことが、俊之との心理的な差を生んでいるのかもしれなかった。

「そのときはしょうがないね、多数決だ。上級生も下級生も関係ない、全員が一票だ。決まりはこれだけだ。ただしこれも常にじゃない。多数決で決まったことで、ひとりが堪えがたい苦痛を感じるような場合は、全員一致を原則とする」

俊之にはどうにも不思議な提案に思えた。六年生の先輩が、部屋のルールは『民主的に話し合いで決める』と宣言しているのである。「民主的」などという言葉は、クラスの優等生の女子が目をつり上げて男子を追及するときに使う言葉だった。まるで寮の「主《ぬし》」のような六年生の口上とはとても思えなかった。

「賛成の者は挙手しろ」

自分で挙手しながら江原が言った。六年生の先輩も新入生も全員平等だという提案を、新入生の方に断る理由はない。俊之はすぐに手を挙げた。氏家も同時に手を挙げて、鶴田も遅れて手を挙げた。

「よし、決まりだな」

江原はうれしそうに言うと、トリスの瓶に手をかけた。コップにウイスキーを注ぐと、これにサイダーを入れてうまそうに飲んだ。氏家はコップに顔を五センチくらいまで近づけて、ウイスキーを注いでいる。どうやら視力がずいぶん弱そうである。

「江原さん、コーラで割った方がうまいですよ」

鶴田が言った。鶴田はまだ二十歳前のはずなのに、いかにもふだんから飲み慣れているような口調だった。

「コーラは飲まん」

「アメリカ帝国主義の飲み物が飲めるか、ですよね」

江原の言葉を受けて、笑いながら氏家が言った。「アメリカ帝国主義」という言葉が、こんなコンパの席で飛び出すことに俊之は驚いた。江原は起ち上って自分の机の引き出しから包丁を取り出すと、洗面器に野菜を入れて部屋を出て行った。一階の洗面所に野菜を洗いに行ったようだった。六年生とは思えない、ずいぶん腰の軽い先輩だった。しばらくして戻ってきた江原は、さっそく大ざっぱに輪切りにした大根にかぶりついた。

「うん、まあまあだな」

と言って、今度は塩をかけたり、味噌をつけたりして食ってしまった。見ている俊之には、おそろしい野人の振る舞いに思えた。人参は食べやすく縦に四等分に切ってあるところをみると、一応繊細な心遣いも感じさせる。しかし葱は青い部分を切り取っただけで、四本がそのままちゃぶ台に載せられている。公平にひとり一本ずつということなのだろうか。そのまま生で食べることを考えれば、おそろしい配慮というべきだった。江原の感性は俊之の想像を超えていた。次に江原は人参に味噌をつけて食ったが、こっちは俊之にも可能のように思えた。

「江原さん、よくそのまま食べられますね」

と鶴田が、あきれたように言うと、

「一回食べてみろよ、うまいから。味噌をつけるとたまらんぞ」

と言って、今度はバリバリと音を立てて葱にかかった。生の葱の刺激的な匂いが、周囲に飛び散った。

「どうだ、食ってみるか」

江原に勧められて、俊之は思わず首を振って、

「人参でいいですか」

と言って、人参の方に手をつけた。さすがに生葱を食うには、相当な訓練が必要な気がした。俊之は人参に味噌をつけて食べてみた。決しておいしいとは思えなかったが、まずくて吐き出すほどではなかった。予想通りの生人参の味で、俊之はガリガリと音を

立てて食った。

「江原さん、葱はコンロで焼きましょうよ」

氏家が提案した。それならなんとか食えるかもしれない。葱はコンロに載せても大部分がはみ出してしまうので、手に持って焼けたところからかじることになる。氏家にならって俊之も挑戦してみた。歯ごたえがあって葱特有の刺激的な臭いがツンと鼻を打った。しかし遅れて香ばしい味わいがしてきて意外にうまいと俊之は思った。

「どうだ？」

江原が訊いて、ついでにぷっと屁を放った。鶴田がちらっと江原を見た。

「おいしいです」

笑いながら俊之が言うと、江原は満足そうに他のふたりを見ながら、今度は氏家と俊之にならって葱を焼き始めた。放屁に対する感性がどうも寮と一般社会とは違うようで、氏家はまったく江原の放屁に反応しなかった。俊之の怪訝そうな表情を見て、一言言っておくというようすで江原が言った。

「和田、屁を我慢すると身体に悪い。それに音の出る屁は臭くない」

氏家が大きくうなずいている。

「ええ、そうですか」

鶴田が疑わしそうに言った。そういえば、家では父もよく屁を放っていた。これにはべつになんとも思わなかったから、結局は慣れの問題なのかもしれない。

「人参、僕も食べていいですか」

鶴田が、一番無難そうな人参に手をつけた。

「どんどん食え」

江原はそう言って、焼き葱に今度は醬油をつけて食った。

「味噌を付けてもうまいけどね、これは醬油の方がいいね」

心地よい音を立てながら、野菜は次々と江原の口に入っていった。豪快な食いっぷりだった。

廊下の方でガチャッとマイクを取ったような大きな音が、突然スピーカーから流れてきた。それから一呼吸遅れて、

「体育学部の江原さん、お電話です」

という、ものすごい大音量の全寮放送が響いた。ボリュームの操作を誤ったのだろうか、隣近所にうるさいのではないかと心配されるほどの音量だった。あわててボリュー

ムを絞る気配があって、今度は抑えめの声で、

「体育学部六年目の江原さん、お電話です」

と繰りかえした。

「お、六年目ってなんだよ。今日の電話当番は誰だ、鈴木か」

江原が笑いながら言った。

「でも江原さん、お電話ですよ。彼女からですか」

笑いながら、氏家が江原を見た。江原は「ふざけやがって」と言いながら、起ち上って部屋を出て行った。続いてドタドタと階段を下りる音が響いてきた。

「女性からかかってきた電話は、『お電話』って放送するんだよ」

氏家が説明した。氏家はもう真っ赤な顔をしている。アルコールにはあまり強そうではない。

「え、男からのときは？」

俊之が訊くと、

「『電話です』だよ」

当然という顔つきで、氏家が答えた。なるほど、簡単で見事な表現方法だった。放送

で呼び出す声は電話の主にも聞こえているはずだが、こんな方法で自分の正体の一部が全寮に向かって放送されているとは気がつかないだろう。俊之はひどく感心して、「俺は大学にきたのだ」という喜びがむっくりと湧いてくるようだった。

電話室は三寮にあったから、電話に出るにはいったん建物の外に出なければならない。しばらくして江原が帰ってきた。

「やっぱり電話当番は鈴木だったよ」

「鈴木って誰ですか」

「その内、ここにくるよ。妙な奴だよ、理学部の三年だ」

鶴田が訊くと、

江原が言った。

「そうですか。電話は彼女からですか」

「いや、バイト先の子どもから。明日の家庭教師を振りかえてくれってさ」

「残念、彼女じゃなかったか。小学生からのお電話だったか」

氏家が、俊之をちらっと見ながら大げさに残念がった。

「お前がなんで残念がるんだよ」

「まあ、そうですね。僕は関係ないですね」

氏家は素直に認めた。氏家は江原が好きでたまらないようで、なにかにつけて江原にまとわりついて、口をはさまないではいられない風だった。

「相手が女なら、小学生でもおばあさんでも『お電話』なんですね」

俊之が念を押すと、

「そりゃそうだよ。女という点ではみんな平等だ」

氏家が言って大きくうなずいて、江原も笑った。

俊之は新しく始まる大学生活が、これまでの宮崎での生活とはまるで違うものであるような気がしてきた。たったひとりで立ち向かわなければならない日々への不安が、いつの間にかスルメや葱の匂いと共に拡散して消えていった。鶴田はいける口のようで、まだまだ飲みそうだった。俊之は頭痛がしてきたが、まだ先に寝るのはもったいないような気がして、再び焼き葱に手を出した。

3

「今から掃除をするぞ。みんなそれぞれできることをやれ」

部屋の掃除は、だいたい日曜日の朝の江原の宣言で始まる。いつものようにオレンジのジャージーに紫のトレーナー姿である。江原は一度口にすると、もう次の瞬間にはたいていい動き出している。これに氏家が続く。氏家はベッドの外にパジャマで出てくることはない。焦げ茶のズボンに白いワイシャツ姿がふだんの格好である。ワイシャツのボタンは、常に一番上の首の根元まできっちりはめている。見るからに窮屈そうで、自分の首の辺りまで妙にもぞもぞする感覚に襲われてしまう。江原は窓を大きく開け放って、部屋の真ん中のちゃぶ台を片付けている。床に散らばっている鞄や本などの私物を、とりあえず机の上やみかん箱に収納すると、部屋は意外に広く感じられた。窓にはいっぱいの陽がさしていて、床の上を明るく照らした。

俊之はそれまでほとんど掃除をした経験がなかった。宮崎の実家では、掃除は必要なときに母がしていた。いきなり掃除を始めると言われても、俊之はとっさにはどうしていいかわからなかった。俊之は立ったまま江原の動きを眺めていた。見ると鶴田もしばらくは自分の机の横に突っ立って呆然としていたが、思い出したようにベッドの部屋から自分用の雑巾を取り出してきた。鶴田は自分のやるべきことを見つけたようだった。掃除の手順もなにもわからないので、動きまわる江原を見ていてぶつからないようにひょいと避けるのが、俊之にできる精一杯のことだった。掃き集めたゴミをちり取りにすくいながら、江原がちらちらと俊之を見ている。俊之はだんだんと恥ずかしさでいたたまれなくなっていった。

「おい和田、お前は邪魔だな。洗面所に行って、みんなの雑巾をすすいでバケツに水を汲んで持ってこいよ」

江原が雑巾の入ったバケツを寄越しながら、あきれたように言った。

「はい」

俊之は救われたような思いで雑巾とバケツを受け取ると、廊下に出て洗面所に向かった。鶴田も自分の雑巾を持ってついてきた。廊下の一番奥まで行って、一階に下りると共同の便所と洗面所になっている。

「自分の雑巾を家から持ってきたつや？」

どうにも抜けきらない宮崎弁で、俊之が訊くと、

「うん、必要になるんやないかと思うて」

鶴田は関西の出身だった。鶴田はサッカーをやっているだけあって、背は俊之よりも低かったが、日焼けした顔と筋肉質の体つきをしていて、まるで体育学部生のようだった。

俊之と鶴田は雑巾を丁寧に洗うと、バケツに水をいっぱいに張って部屋に戻った。部屋の掃き掃除はあらかた終わっていた。

「ご苦労さん」

とふたりに声をかけて、江原はさっそく固く絞った雑巾で床を拭き始めた。それを見て氏家と鶴田が江原に続いた。雑巾がないので、俊之は立ったままそのようすを見ていた。六年と三年の先輩が率先して床を拭いていて、一年生がそのそばにぼうっと突っ立っている。俊之のこれまでの人生の中で、決して経験したことのない光景だった。たいてい年上は威張って命令するものだったし、掃除などは目下のものがやることだった。床を拭いている先輩ふたりを見ながら、俊之は困惑しながらも心を揺さぶられていた。人の言葉なんかではなく、自分は今その行動に感動しているのだと俊之は思った。大学に来てよかったとあらためて俊之は思った。

部屋は見違えるようにきれいになった。窓から入りこんでくる陽光が磨いた床に反射して、部屋中に散乱してまぶしく見えていた。ほんのちょっとした行動がこんなにも世界を変えてしまうのだと、あらためて俊之は思い知らされていた。生活すれば散らかったり汚れたりする机や部屋を、その都度掃除するような習慣をこれまでの俊之は持っていなかった。見かねた母親が掃除をするまでは、散らかり放題の部屋に住んで何の不都合も感じなかった。部屋に堆積する雑多な物や埃の中で、俊之はいくらでも人生の憂さを溜めることができたのだった。この部屋には天井や床の色、本棚や積み上げられたみかん箱の中身に至るまで、すべてが雑多で清潔を思わせるものはなにもない。それでもみんなが動いて磨き上げた部屋のたたずまいは、ある種の清涼感を漂わせて心地よかった。部屋の掃除というきわめて実際的な行動が、鬱々ともやがかかりがちな俊之の心を晴れやかに解放していた。ことによったら厭世的な憂鬱な気分は、乱雑に散らかった部屋の換気されないよどんだ空気から生まれるのかもしれないと思ったりした。

江原は六年生というだけあって、十一室でただひとり確立した自分の世界というものを感じさせる先輩だった。自分の好きなことを好きなようにやっているように、俊之には見えた。ごく自然で自由に生きているように見える江原は、それだけで俊之には気になる存在だった。俊之が生まれてはじめて出会ったと思えるような人間だった。江原はふだん部屋にいるときはギターを弾いていることが多かった。江原のギターに決まったジャンルはなかった。クラシックもフラメンコも映画音楽もなんでもこなしていた。氏家がときどき江原にねだって、「禁じられた遊び」を教わることがある。しかし俊之が見るところでは、氏家は手の動きがにぶい上にリズム感が極端に悪いので、修得するまでには相当な年月が必要だと思われた。だからこれに付き合っている江原の我慢強さは、並大抵のものではないということになる。

麻雀も好きなようで、他の部屋によく遠征していた。江原の六年のキャリアは伊達ではないのだろう、麻雀はすごく強いという噂でしばしば誘いがかかっていた。ときどき徹マンをして、朝帰ってきてそのまま夕方まで寝ていることもあった。江原はやりたいことをやりたいようにやって生きているように、俊之には思えた。江原は日を追うにつれて興味深い存在になっていった。

江原のふだんの話の中には「民主主義」と「共産党」という言葉が、やたらと出てきた。しかも彼の中では、どうも両者は同じような意味や価値を持つものと考えられているようだった。「ひとりはみんなのために、みんなはひとりのために」という言葉も、江原はよく口にした。エイゼンシュテインの映画「戦艦ポチョムキン」の中に出てくる言葉で、社会主義革命の理念をあらわすもののようだった。それから人生論に関する話題の中では、「人間の全面発達」という言葉をよく使った。資本主義の分業体制のもとで、人間は一面的な発達を余儀なくされている。したがって各方面のあらゆる能力を、個人の中で全面的に発達させることは自己実現の大切な闘いであるというものだった。俊之の目から見て、江原はこれを意識的に実践しているように見えた。

江原は暇を見つけてはよく絵を描いていた。あるとき部屋で江原とふたりで話していたとき、江原が自分のベッドの仕切りの中から、水彩の絵を取りだしてきて、

「キリストは、ほんとうはこんな顔をしてたんじゃないかと思って描いたんだけどね」

と言いながら見せてくれた。俊之の前に示されたキリストの顔は、疲れきっているように見えた。褐色の髪がすこし波打っていて、灰白色をした落ちくぼんだ頬に大きい暗い目が描いてあった。この暗い目はなにを見ているのだろうと俊之は思った。ひょっとしたら人生の絶望をのぞきこんでいるのかもしれないと思って、こんな絵を描く得体のしれない先輩にますます惹かれていく自分を感じていた。俊之にはこんな絵は描けないと思った。わざわざ俊之に見せてくれたのだから、江原はそのとき自分の中のある大切

な部分を見せてくれたのかもしれないとも思った。

氏家は鹿児島の出身で、鹿児島訛りを無理に標準語に置き換えているような、たどたどしいしゃべり方をする。宮崎出身の俊之にはそれがよくわかった。卒業したら鹿児島に帰って家族の面倒をみる約束になっているらしかった。専門は経済で、部屋の中では一番の勉強家のように見えた。右目がほとんど見えないようで、左目だけが頼りのようだった。氏家は目が悪いということがあったからだろうか、あまり家庭教師のアルバイトに恵まれていなかった。その分毎月の支出をできるだけ抑える必要があったに違いない。財布のひもはきわめて固い印象だった。

四人部屋では、なかなかひとりきりになることができなかった。すぐそばに他人がいるところで、詩を書いたり小説のことを考えたりはなかなかできない。あるとき上京して始めて机に向かって詩を書いていると、部屋に入ってきた氏家が十センチくらいまで顔を寄せてきて、

「おお、詩を書いてるの」

と驚いたようにのけぞった後で、俊之の顔をまじまじと見た。江原ならこんな無遠慮な態度はとらないだろう。俊之はとっさにノートを閉じて、

「べつに、なんでもないです」

と冷たい調子で言ってしまった。俊之はしまったと思ったが、氏家の方は、

「ふーん」

と言って、なにも気にしてはいないようだった。不思議といえば氏家も不思議な人物だった。鈍感ではあったが、人のよさという点ではずば抜けていた。

鶴田はサッカー部の活動がかなり忙しそうで、週の半分近くは寮に帰ってこなかった。しかし当初は鶴田も楽しく寮での生活を送っていた。これは後から知ったことだが、鶴田の所属する西洋史教室は、大学の自治会や寮の自治会の主流派とは敵対するグループに数えられていた。そのため鶴田が自分の教室の雰囲気に馴染むにつれて、寮で交わされる話や生活そのものとの間に微妙なずれが目立ち始めた。

六月の文学部学生大会では、筑波移転のための調査費計上に反対して一週間のストライキをおこなうことが、いきなり反主流派から提案された。俊之は学生大会というものは当然参加すべきものだと思っていたので、クラスの友人と参加していた。俊之は自治会というものを高校時代の生徒会の延長のようなものだろうと思っていたのだが、まるで違っていた。執行部と反主流との間に友好的なものはまったく感じられなかった。そ

んな中で突然「調査費計上」に反対するストライキ決議案が提出されたのである。わーっという歓声と怒号の中で、可決されそうな勢いがあった。委任状も含めてギリギリの参加で成立していた大会で、それは執行部の予定にない提案だった。すると主流派の民青系の十数人が、事前の通告もない唐突な提案であることと、採決の結果に責任を取れないことを理由に退席してしまった。その中には、中国古典学教室の顔見知りの女子の先輩も交じっていた。反主流派の怒号の中で退席する学生を見て、俊之は民青の言う「民主主義」にも自分勝手な都合で揺れる危ういものを感じた。結局大会は定足数を割って流会となって、次回あらためてストライキ決議を討議することになったのである。

寮に帰ってこのことを江原に話すと、俊之と鶴田の話を注意深く聞いた後で、

「あり得るんじゃないの」

と言った。

「でも、ずるいじゃないですか。民青はストライキの決議が通るのが嫌で逃げたんですよ」

鶴田が抗議した。

「そこだけ見ればそうかもしんないけどね、ストライキの話が出るなんて夢にも思わな

かった一般の学生はどうすんだよ。そんなこと勝手に決めるなってことになるだろ」

「でも、それは学生大会に出ないから悪いんじゃないですか」

鶴田が口をとがらして言うと、

「だから、なにを話しあうかは事前にきちんと決めて置かなきゃいけないいんだろ？ちゃんと事前にストライキについて話し合うと知らされていれば、欠席してストライキが決まっても納得できるじゃないか。執行部は学生全体に責任を負ってるわけだろう。だから結果に責任を持てない今回は流して、次回あらためて話し合うことにするというのは、筋が通ってると思うよ」

江原は、鶴田と俊之の両方を見ながら言った。俊之はなるほどそういう見方もあるのかと思ったが、鶴田は納得しないだろうと思った。おそらく鶴田の所属する西洋史教室では、学生大会を意図的に流会させた民青を糾弾する議論が沸騰しているに違いないのだ。反対に俊之の所属する中国古典学科は民青の牙城といってもいいようなところだった。はたして自治会の執行部は、江原の言うような理屈で学生大会を流会させたのだろうか。

筑波移転問題については、前年文学部教授会が提案した「ツーキャンパス論」がときどき話題に上った。筑波に行きたい学部や部局は行き、行きたくない学部は大塚に残るという提案だった。鶴田は文学部教授会の提案を、盛んに「日和見だ」と非難した。部屋の話では、「筑波研究学園都市」が国策として目指されている以上、「ツーキャンパス論」は実現不可能だということに落ち着いていた。俊之は今のまま文学部が残るのなら、その方がいいと言う程度の認識に過ぎなかった。筑波移転問題の背後にある政府・文部省の狙いについては、まったく自分の意見を持ってはいなかった。

ベトナム戦争の拡大にともなって、沖縄がそのための基地になっていることも部屋でときどき話題になった。話題を提供するのはいつも江原だったが、俊之はその話に耳を傾けるだけで、東京の大学に来たのだという喜びを感じられた。宮崎の生活にベトナム戦争はなかった。交通ゼネストとも無縁な日々だった。親戚や近所の人たち、学校の友人たちとの間で、時間は静かに過ぎて行くようだった。誰もがみんな同じような発想と考えを持っているように思えた。その中で人生はいとも簡単に見通すことができたし、自分のそれは色あせたつまらない生活の堆積に思えた。俊之はそんな生き方を拒否して文学へ過剰に傾倒する中で、厭世の心情を養ってきたのだった。

俊之の環境は激変した。従来の厭世の心情からすれば、ベトナム戦争も移転問題も、民主主義さえも意味のないものに過ぎない。しかしそれなら、今俊之の目の前に目まぐるしく展開しているすべての人たちと、それにまつわるすべての事柄が無意味なものだということになる。ひとつひとつにきちんと考えて取り組んでいくことが、厭世の情感にくるまっている自分から抜けだす道だと思ったりした。だから自分の世界をしっかりと持って生きているように見える人に対しては、わくわくする思いでじっくりと観察したものだった。

当時の俊之は大学にきた喜びを、江原を通して噛みしめていたといってよかった。江原には体育会系の匂いは、まったくといっていいほど感じられなかった。この大学の体育学部には普通の体育会系とは違った伝統があるようだった。「スポーツの技術指導と民主主義の関係」というのが、江原の卒論の課題らしかった。俊之のこれまでの経験では、「民主主義」という言葉を口にする奴は、たいてい鼻持ちならない優等生だったが、江原はどこから見ても優等生にはほど遠い印象だった。

江原を訪ねて大勢の寮生が十一室にやってきたが、寮生はみな江原に一目置いていて、いろんな相談をしていった。俊之はこれをそばで聞いているだけで十分に楽しくて、江原という人間にますます惹かれていった。

江原はいつものようにギターを弾いていた。すると氏家が懲りずに「禁じられた遊び」をリクエストして、また弾き方を教わっている。そばで聴いていても、氏家はまったく上達していない。鶴田は今日も帰っていなかった。そこに全寮放送が入った。

「散髪モデルのアルバイトがあります。希望者は三寮八室の佐藤までできてください。十一時から、五名募集しています」

と言っている。すると江原がギターを置いて、すぐに反応した。

「俺行くぞ。氏家悪いな、これまでだ」

「じゃあ俺も行こうかな。和田君もどう？」

氏家が俊之に声をかけてくれた。

「散髪モデルって、どういうものですか」

俊之が尋ねると、

「床屋の練習台になるんだよ。だから髪型はどうなるかわからんけど、その代わり散髪代はタダだよ」

氏家が説明してくれた。氏家は「タダ」を特に強調した。決まった。

「僕も行きます」

と言って起ち上った。そういえば俊之は東京にくる前から、三ヵ月くらい散髪をしていなかったのだ。前髪が目に入るほど長く伸びていた。

翌日起きて行くと、氏家が、

「おお、橋幸夫カットだね」

と言って笑った。三人とも散髪モデルのアルバイトに応募したのだが、派遣された店は違っていた。俊之が一番遅く寮に帰ったので、お互いの新しい髪型は今はじめて見たことになる。ビートルズのように長かった髪が、いきなり橋幸夫カットになったのだ。俊之が鏡で自分の顔を見ても、かなり違和感がある。しまったと思ってももう遅かった。だからタダなのだ。氏家もさほど変わらない髪型なのだが、もともと短かったのでそれほど違和感はない。俊之は鏡に映った橋幸夫カットの自分の顔を、しばらくじーっと眺めていた。

4

理学部三年の鈴木は強烈な印象で、俊之の寮の生活に入りこんできた。鈴木は自分の部屋よりも、十一室にいる方が確実に多かった。さしずめ十一室は五人部屋といった案配だった。青い縦縞のパジャマが彼の普段着のようだった。太陽にあたったことがないような、青白い縦長ののっぺりした顔をしている。黒縁の眼鏡の奥の小さい目が、意外に可愛い印象を与えていた。

そのときはアメリカによる北爆が話題になっていた。鈴木は江原の机のそばに寝転がっていた。俊之にとってベトナム戦争は遠い世界の出来事で、ふだんの生活で意識することはほとんどない。俊之は新鮮な驚きと興味を感じながら、みんなの話に耳を傾けていた。大学生というものはこんなことを日常の話題にするものなのか。それぞれがみんな自分の見解を述べている。

「横田を飛び立った爆撃機が、北ベトナムに爆弾を落としてるんだよ。日本はアメリカのベトナム戦争に荷担していることになるね」

氏家が抗議するような口吻でしゃべっている。俊之に向かって解説しているつもりなのかもしれなかった。俊之の方は「ふーん」と言うしかない。なにせ考えたことがない事柄なのだ。

「でも、ベトコンをそのままにしてたら、共産主義になるんちゃいますか。それに最初に攻撃をしかけたのは、ベトコンの方とちゃいますか」

鶴田が口をはさんだ。大阪出身の鶴田はときどき大阪弁が交じる。

「冗談じゃないよ。国の体制をどうするかはその国の人たちが決めることで、よその国が口を出すことじゃないだろ？　余計なお世話じゃないか、冗談じゃないよ」

「冗談じゃないよ」は、どうも江原の口癖のようだった。話に熱がこもってくると、よく口をついて出てきた。

「いいかい、鶴田、ベトナムはアメリカに爆弾を落としてないぞ。地球の反対側にあるアメリカが、ベトナムに軍隊を派遣して戦争してるんだぞ。どっちが侵略者かは明らかじゃないか」

江原の言うことはわかりやすくて、いちいち俊之には納得できた。

「江原さんは民青ですか」

鶴田が唐突に訊いた。

「ああ、そうだよ。どうして」

江原が当然という顔つきで、鶴田の顔を見た。

「うちの教室ではあんまり民青は人気がないですよ。ずるいってみんな言ってます」

「ふーん、なにがずるいんだろうね」

氏家が口をはさんできた。一瞬微妙に緊張した空気の変化を感じたのだろうか、鶴田は氏家の問には答えようとしなかった。

「俺も民青だよ。なにもしてないけどね」

寝ころんで話を聞いていた鈴木がぼそっと言った。氏家が起ち上って茶碗を用意して、みんなの分の茶を淹れる用意を始めた。

「江原さん、麻雀教えてくれませんか」

空気を変えるように鶴田が言った。

「麻雀？　時間にけじめをつけてできるか。夜みんなが揃っているとき、二時間だけっていう約束を守れるならいいよ。でも鶴田、お前あんまり寮に帰ってこないじゃないか」

「麻雀やるんだったら帰ってきますよ」

笑いながら、鶴田が言った。氏家が江原に茶を配りながら、

「江原さん、僕にも教えてくださいよ。和田君と鈴木君はどう」

と言って、俊之と鈴木の前にも茶碗を置いた。

「いいよ、じゃあ近いうちに麻雀教室を開くか」

江原が言うと、

「やった、ほんとう?」

と、大げさに氏家は喜んだ。江原が教えてくれるのなら、俊之もやってみたかった。

ひとしきり麻雀の話題が弾んだが、鈴木はいっこうに入ってこなかった。仰向けに寝ころんで、両腕で顔を覆うような格好をしている。その腕に妙に力が入っているようで、俊之は鈴木のようすがいつもと違うような気がしていた。

そのうち江原が話している途中で、「くっくっ」という笑っているような奇妙な声が鈴木の口から漏れてきた。

「人が真剣に話をしてるのに、なんで笑ってんだよ」

江原がそう言って鈴木の顔を覆っている腕を払うと、鈴木の目の周りはびっしょりと涙で濡れていた。わけがわからなくて、みんなはぎょっとして鈴木の顔に釘付けになった。

「どうした、鈴木」

江原が鈴木の肩をゆすりながら声をかけた。氏家は淹れかけの急須を持ったまま、鈴木を凝視している。鶴田もあっけにとられて、口をぽかーんと開けて鈴木を見ている。俊之も突然の成り行きに合点がゆかず、鈴木を注視した。鈴木が口を開くまでにはしばらく時間がかかった。

「鈴木、どうしたんだよ」

江原がもう一度静かに声をかけると、鈴木は途中で引っかかりながら、やっとのことで
「僕は、もうすぐ、死ぬんだ」

と言うと、今度は切れ切れのうめき声を上げた。

「よし、よし」

と言いながら、江原が仰向けに横たわった鈴木の肩の辺りをさすると、小刻みに肩が震えている。静まりかえった部屋の中に、鈴木の泣いている気配だけが、しばらくの間続いた。「もうすぐ死ぬ」とは、どういうことだろう? 俊之は衝撃を受けていた。鈴木はパジャマ姿でいつもだるそうな格好をしているが、心の中では死と向きあっていたのだ。

「鈴木、話してみろよ」

江原が声をかけた。氏家が思い出したように、鈴木の横の茶碗に急須から茶を注いで、

「鈴木君、お茶淹れたよ」

と言った。鈴木は仰向けの姿勢で両腕で顔を覆ったまま、

「ありがとう」

と言った。激情が去っていくらか気分が落ち着いてきたようで、比較的しっかりした口調に聞こえた。それから横の茶碗を倒さないように気をつけながら、鈴木はゆっくりとちゃぶ台の前に座り直した。どうやら自分を立て直したようだった。

「驚いたな、いったいどうしたんだよ」

江原が訊くと、

「わかんないです。説明はむずかしいですね。麻雀にも興味がねえなあと思ってたんですよ、そしたらね」

意外にしっかりした口調だった。一口茶をすすると、茶碗の中をのぞくような格好で続けた。

「今突然なんですけどね、一瞬自分の一生が見えたような気がしたんですよ。そしたら、それがつまんなくてね。俺の一生は無駄に寝て、無駄にタバコ吸って、他になにをしてるかっていうと、パチンコなんですよ。未来の俺がやってることはそれだけ」

鈴木は薄いパジャマの肩を丸めて、なにかに堪えているように見える。

「なんか、そんな一生が突然見えたんですよ。そんな人生には我慢できないでしょう。そんなら俺は死ぬしかないでしょ。そしたら、ああ俺はそのうちに死ぬことになるなって、わかったっていうか、予感がしたんですよ」

また鈴木の声が湿りを帯びてきた。

「人間はべつに意味を持って生まれてきたわけじゃないってのは、十分頭の中ではわかってたんですけどね。でもいざそんな将来が見えちゃうと、もうしょうがないじゃないですか。ああ俺は今に死ぬなあって思っちゃったんですよ」

そう言って鈴木は、ちゃぶ台の上の俊之のタバコに手を伸ばした。

「そうか、それはそれでしょうがないよな」

江原はごりごり頭をかきながら、つぶやいた。聞きようによっては冷淡な言い方だった。

「そんなこと、言ってていいんですか」

鶴田が、江原に抗議するように言った。

「お茶冷めるよ」

遠慮がちに氏家が言った。

「ほんとは死にたくないんだよね、俺は。でも結局死んじゃうんだよ、きっと」

鈴木が立ち直ったような、落ち着いた声音で言った。ずいぶん冷静に自分を観察しているようだった。俊之には鈴木の言っていることがわかるような気がした。鈴木はいつでも起きたばかりという格好の青いパジャマを着ていて、すこしも凜としたものを感じないが、胸の奥にはナイーブで傷つきやすい感情が波打っているようだった。不思議なことに鈴木のような人がいるということは、俊之にとっては生きる希望になる。このときから鈴木は俊之にとって、同じ道に迷い込んだ同志のような存在として意識されるようになった。

この日以降、鈴木は自分の心の奥をさらけ出して安心したのだろうか、これまで以上に十一室に入り浸るようになった。

「江原さん、いる?」

鈴木は、部屋に入るための単なる手続きといったような感じの、まるで覇気のない声で部屋に入ってきた。いつもの薄手の青色のパジャマ姿で、だるそうにちゃぶ台の前に座り込んで、

「江原さん、金貸してくれない」

と言った。唐突な申し出だが、それほど切羽詰まっているようすは感じられない。

「なんだい、いきなりどうしたんだい」

「うん、昨日バイトの金が入る予定だったんだけどね、なんだかかったるくて休んじゃったから」

鈴木には小さすぎるようにに見えるちゃぶ台に、むりやりあごを乗せている。ぐにゃぐにゃの格好をして、ぼそぼそとしゃべっている。いかにもだるそうである。

「具合でも悪いのか」

江原が訊くと、

「いや、べつに。タバコもらっていい」

背中を丸めてあごを預けた鈴木の正面に、俊之のタバコが置いてあった。

「いいですよ、どうぞ」

俊之が差し出すと、鈴木は受け取って火を付けてうまそうに煙を吐き出した。鈴木を見ていると、俊之は応援したい気持ちでいっぱいになる。俊之は注意深く鈴木を観察していた。

「いくらいるんだい」

江原が傍らの机の引き出しから財布を取った。

「うーん、もういいや。タバコ吸ったらどうでもよくなっちゃった。あと二、三本くれる」

「どうぞ」

俊之がハイライトを顔の前に押しやると、

「ああ、なんかスカッとすることねえかなあ」

と言って、床に仰向けになった。

「ばか、なんにもしないで部屋にごろごろしといて、いいことなんかあるか。鈴木、まず動かなきゃ」

江原が言うと、

「わかってるんですけどね」

鈴木は仰向けのまま、覇気のない返事をした。

「江原さんは、なんのために生きてるんですか」

しばらくして鈴木が起きあがって、またちゃぶ台の天板にあごを載せた格好で言った。

まるで軟体動物がちゃぶ台に覆い被さっているように見える。鈴木はまだ完全に立ち直ってはいないようだった。ほんとうに人生を悩み抜けば、人はこんな風になるのかもしれないと俊之は思った。氏家は自分の机に座って茶を飲んでいたが、鈴木のようすが気になるようで、四人分の茶を淹れてちゃぶ台に移動してきた。人がいいのである。

「お前どのくらい部屋に籠ってるんだよ」

江原は鈴木のふだんの生活をよく知っているようだった。

「二週間くらいかな」

「バイトは」

「休みました」

「お前、昨日バイトの金が入る予定だったたって言ったけど、あんまり行ってないんじゃないか、バイトに」

「まあ、そうですね。ちょっと行きにくいですね」

「いいかい、鈴木、そうやってだんだん自分の世界を狭くしていって、結果生きる意味がわからんってことになるんじゃないのか」

江原が言うと、

「そうかもしんないですね」

とぼんやりした声で鈴木は答えて、ついでという感じでぷっと屁を放った。鈴木の放屁には誰も反応しなかった。

「江原さん、宇宙はね、あるときぽっとできちゃったんですよ。知ってますか」

「知らんよ。いきなりなんの話だよ」

江原も鈴木に向かって身体をよじった拍子にぷっと屁を放ったが、鈴木は気にも止めずに話し続けた。

「恐くないですか。あるときぽっとできちゃったんですよ。じゃあ、その前はどうなってたんですか」

「知らないよ、俺に訊くなよ。理学部のお前が知らないのに、俺にわかるかよ」

江原が言ったが、鈴木は取りあわずに話し続けた。

「それ以来宇宙は膨張し続けてるんですよ。そうすると宇宙の密度はどんどん低くなるから、生物が生きられない極低温の世界が永遠に続くことになる。永遠ですよ、永遠。永遠はただごとじゃないですよ」

まずそうにタバコの煙を吐き出しながら、鈴木は独り言のようにしゃべっている。

「もっとも逆の可能性もあるんですけどね。逆は逆でまた悲惨なんですよね。宇宙はある時点で収縮し始める。そうなるとどんどん温度と圧力が上がって、今度は物質もそのままでは存在できない、最後は灼熱の一点になってしまう。江原さん、恐くないですか」

「知らんよ、そんな先のこと。お前はまったくいろんなことが恐くなるんだな」

先日の鈴木のようすを思い出したのだろう、江原があきれたように言うと、

「俺は恐くて仕方がないんですよ。ふっと気がつくと、真っ暗な宇宙空間に俺ひとり浮かんでて、もう生き物は死に絶えちゃってるんですよ。わーって叫んでも、自分の叫び声が自分の耳にも聞こえないんですよ、真空ですから。そんな空想、恐くないですか」

軟体動物のような格好で、鈴木はぼそぼそとしゃべっている。俊之にはよくわからないけれども、鈴木をなにかの恐怖がとらえていることは理解できた。氏家がそっと茶碗を鈴木の前にずらした。鈴木が首をこくっと動かして、礼を言った。鈴木の内部で活力を奪っているものの正体を、俊之は見てみたい気がした。

「しょうがねえなあ、鈴木、昼飯は食ったのか」

江原が訊くと、

「もちろん、まだですよ」

鈴木がにっと笑った。江原は伸びをしながら起ち上がって鈴木の肩を叩いた。

「じゃあ、常磐食堂にでも行くか」

「おごりですか？　豚のショウガ焼きが食いたいですね。じゃ、着替えてきます」

鈴木はのろのろとした動作で起ち上がった。江原も起ち上がって、相変わらずのオレンジのジャージーと紫のトレーナーで出て行った。俊之と氏家は寮の朝食を食ったばかりで、まだ食べる気はしなかった。


江原の麻雀教室は、九月に入ってから始まった。江原は毎晩四人が揃うときを待って、麻雀教室を開いてくれた。鈴木はまるで麻雀に興味を示さなかった。黙って後ろから眺めていた。鶴田はサッカー部の合宿所に泊まることが多くて、寮に帰ってくるのは一週間のうち二、三日だった。しかし前期の試験が近いからだろう、このところは毎日部屋に帰っていた。一番熱心だったのはやっぱり鶴田だった。鶴田の西洋史教室では、麻雀がはやっているらしかった。それでいち早く上達して仲間入りを果たしたいようだった。

俊之と氏家は完全な初心者で、考え込む時間がすごく長い。特に氏家は右目の視力が極端に低いハンディーがある。自分の番がくるたびにじーっと左目を近づけて、牌を確認するのに余計な時間を要した。ふたりに比べて鶴田はすこし心得があるだけに、ときどき苛立つような素振りを見せることがあった。しかしそんなときも江原は、部屋の四人で卓を囲むのが楽しくてたまらないというようすだった。上達してきた鶴田が少額の金を賭けることを提案しても、江原は部屋での麻雀に金を賭けることを許さなかった。金を賭けることで四人の関係が変わってしまうことを避けたのか、いつまでたっても下手くそな俊之と氏家を守ろうとしたのかはわからない。もちろん賭けていれば、俊之と氏家がぼろ負けしていたことは確実である。

下手なくせに俊之は、夜の麻雀教室が待ち遠しくてならなかった。江原が一緒に遊んでくれるということが、それだけで十分にうれしいことだった。江原から、生活することや生きるということの価値と喜びを教えてもらえるかもしれないと、ひそかに俊之は思っていた。同時に江原から信頼されるような人間になりたいとも思うようになっていた。

試験は断続的に一ヵ月くらい続く。前期の試験の一週間ほど前になったとき、

「今後麻雀は九時までにする。それ以後はみんな勉強すること。だらだら遊んでるんじゃないぞ、ちゃんと勉強しろよ」

と江原が宣言した。その後は九時になって江原が麻雀の終了を告げると、全員がただちに勉強の態勢に入らなければならなかった。そのメリハリは見事なまでにはっきりし

ていた。江原の統率力は、自らが率先して遂行することに支えられていた。

前期の試験が終わって十月の半ばごろになると、そろそろ寮の部屋に暖房が欲しくなる。当時十一室の火の気といえば、江原が個人的に所有している電気コンロだけだった。ニクロム線の発する熱くらいでは、部屋の暖房にはとても間に合わない。他に氏家が電気ポットを持っていたが、こっちは茶専用で、暖房にはまったく役に立たない。電気コンロだけで十一室はとても寒いはずなのに、相変わらず鈴木は十一室に入り浸っていた。

鈴木はほんとうに不思議な人物だった。江原がいないときは、勝手に江原の布団に潜り込んで寝たりしていた。だから江原が寝ているとばかり思っていると、むっくりと鈴木が起き出してきて驚かされることがなん度もあった。

5

事務室の脇の桜は紅葉の季節を迎えていた。黄やオレンジや赤など、桜の葉はそれぞれの色合いに染まって燃えていた。隣のヒマラヤ杉は冬を前にして、黒々とした茂みをいっそう濃くしているように見えた。見上げると樹陰のところどころに、うっすらと青空が透けて見えていた。雲ひとつない秋の空だった。

寮生大会で各部屋に暖房器具を備え付けることを要求して、署名運動をおこなうことが決議されたのは、前期の試験が終わってしばらくたった十月の末だった。寮生である以上、全員が寮生大会に出るべきだという江原の主張にしたがって俊之も出席していた。しかしこの運動ははじめから困難が予想されていた。六四年に文部省はそれまでの学生寮政策を根本的に変更して、寮生の自治を制限すると同時に「負担区分通達」を出して、受益者負担の原則を強力に押しつけてきていたのである。それは寮生活のあらゆる分野にじわじわと及んでいた。寮食堂の炊事婦の公費による補充も認められなかった。補充する場合は寮生雇いとすることが、あらたに求められていたのである。

翌日から署名用紙を持って、俊之も大学に通うことになった。はたして署名を人に頼めるだろうか。全寮を上げての運動なので、自分だけサボるわけにはいかない。鶴田は民青の「要求闘争」にはついて行けないと俊之に打ち明けて、署名運動そのものを拒否していた。前期の試験が終わると、以前にもまして鶴田は寮に帰ってこなくなっていた。それは所属していたサッカー部の活動のせいばかりではなかったのかもしれない。西洋史教室の雰囲気と桐花寮の常識とに折り合いをつけることが、相当難しくなっていたのだろう。

俊之は署名用紙を持って、恐る恐るまず三年生の先輩に頼んでみた。三年生はなにをするにも団結力があって、頼りがいがあった。俊之の頼みを快く受けとめてくれそうな懐の深さが感じられたのである。予想通り彼らは署名に応じてくれた。これで勢いがついて、同級生にも片っ端から頼んでまわることができた。教室の大学院生も快く応じてくれて、俊之の署名は確実に増えていった。断る人はひとりもいなかった。署名を頼むとみんな気持ちよく署名してくれた上に、肩を叩いて励ましてくれもした。俊之の集めた署名の数は、江原や氏家をしのいでいた。

その日俊之は、廊下ですれ違った中国語の教官に思い切って声をかけた。

「お、そうか、君は寮に住んでたんだね。いいよ、中に入りなさい」

彼は筑波推進派だったが、そう言って上機嫌で署名してくれた。かしこまって研究室のソファーに腰掛けている俊之に茶まで振る舞ってくれて、最後に「頑張りなさい」と励ましてくれた。俊之が教官の部屋を出て控え室に行くと、二年生が数人固まって話していた。教官に署名をもらってつい調子に乗ってしまったのだろう。俊之は、たまたま一番手前にいた二年生の竹森に声をかけた。

「桐花寮の各部屋に、これから寒い冬に向けてストーブを入れろという署名を集めてるんですが、お願いできませんか」

俊之を振り向いた竹森は、けがらわしいものを見るような顔つきをして言った。彼はいつも鍵束のようなものを、右手にもてあそびながらしゃべる。

「え、なに言ってんの。君たちおかしいんじゃない。僕たち下宿生は、みんなストーブくらい自分で買ってるよ。寮生は国の税金を使って安く生活してるんでしょ。ストーブくらい自分で買ったら」

いきなりの反撃で、俊之は面食らってしまった。とっさにどう言ったらいいかわからなかった。当然予想される言い分だったが、教室の先輩や教官たちがあまりにも快く署名してくれるので、舐めてかかっていたのかもしれない。俊之は反論できずに立ち往生してしまった。

「ストーブくらい、自分で買ったら」

竹森のさげすむような言葉が、俊之の頭の中で反響した。俊之は顔を赤くして俯いてしまった。この程度の発言に反論することは簡単なはずだった。ところが自分の予想に反して、俊之は竹森の前でなにも言えずに俯いてしまった。肝心なときに俊之は自分自身を裏切っていた。ひたすら恥ずかしいという思いが全身に広がって、俊之の言葉を奪ってしまったのだ。こんなはずではなかった。

「名前を書くだけなんですけど」

「え、冗談でしょう。自分の納得のいかないことに、名前を書くわけにはいかないよ。なに言ってんの」

俊之の混乱はますます膨れあがった。なんてばかなことを言ってしまったのだろう。竹森はかさにかかって攻めこんできた。竹森と話していた数人の二年生が、突然始まったふたりのやりとりを興味深そうに眺めていた。明らかに二年生の大半は竹森を支持しているようだった。二年生の中に寮生はいない。半分くらいは自宅から通っていて、その他は下宿生だった。そんなことに思いを巡らしたが、いまさらなんの役にも立たない考えの方向だった。

俊之はただ恥ずかしさでいっぱいになって、なにがなんだかわからなくなった。なぜこんなにも恥ずかしいのだろう。彼らは俊之のことを、自分の使うストーブを他人に買ってもらおうとしている、さもしい人間と思っているのだ。そう考えるといたたまれなくなって、いっそう頭に血が上った。自分が下宿生で、署名をしてやる立場だったらどんなにいいだろうと思った。下宿生になって、貧しい寮生を支援する立場になりたいと心から思った。この瞬間寮生であることは、彼らの前でとてつもなく恥ずかしいことのように感じられていた。俊之の頭の中をさまざまな考えが飛びかったが、言葉になるようなものはひとつも浮かばなかった。

俊之がいつまでも黙って彼の前に突っ立っているだけなので、竹森は二年生の方に向きなおってなにもなかったように話しだした。俊之はひとり放り出された格好になった。いつまでもぽつんと立っていることは、事態をいっそうみじめなものにするだけだった。しばらくして俊之はすごすごと出口に向かった。じゃらじゃらと竹森の鳴らす鍵束の音が後ろに聞こえていた。それに二年生の快活な笑い声が重なった。薄暗い文学部校舎の廊下を歩きながら、俊之は自分に失望していた。さっき教官に励まされた「頑張りなさい」という言葉が、俊之の頭の中でいつまでも無意味に反響していた。

校門を出ようとして、俊之はどこにも行くところがないことにふと気がついた。まだ三時だった。もう大学には戻りたくなかった。だからといって、いま寮はもっとも帰りたくない場所だった。竹森の前でたった今俊之は、寮生であることを恥じたのだった。しかし寮以外に身を落ち着ける場所はなかった。大学の前の大通りを渡って、気がつくと茗荷谷駅から池袋に向かう地下鉄に乗っていた。池袋から東武東上線に乗ってしまえば、もう寮に帰るしかない。俊之は池袋の西口に出た。時間をつぶしたかった。

俊之はパチンコ屋に入った。百円で球を買って台の前に座った。一個、一個、球を台の穴に入れて、右手でハンドルをはじく。しかしちっとも球の動きに集中できなかった。育ちのよさそうな竹森の色白の顔が、しきりに浮かんだ。

「ストーブなんか、自分のお金で買ってるよ」

「君たち、おかしいんじゃない」

「寮生は国の税金を使って、安く生活してるんでしょ」

すこしかん高い竹森の声が、俊之の頭の中で断続的に反響する。俊之はそれまで家の貧しさを恥じたことは一度もなかった。しかしあのとき俊之は竹森の前で、自分の貧しさを恥ずかしいとたしかに思ったのだった。「ストーブくらい、自分で買ったら」という竹森の圧倒的に健全な常識の前で、俊之は自分の貧しさを恥じたのだった。だから俊之は言葉を失って、顔を赤らめて俯いたのではなかったか。自分を恥じている男に反論などできるわけがない。俊之の脳裏に竹森の顔が大きく立ちはだかっていた。

俊之がはじいた球が穴に入ったのだろう、急にじゃらじゃらという音がして受け皿に球が出てきた。パチンコ屋の中は軍艦マーチが流されて、びっしりと人が並んで座っている。気がつくと、ものすごい喧噪だった。しかし俊之に注目しているものは誰もいなかった。そのことが今の俊之には心地よかった。

パチンコ台のガラス面に、ふと溶接作業をしている父の姿が浮かんで見えた。父はフルフェースのヘルメットを被って、飛び散る火花の中で溶接作業をしていた。父はかがみ込んで、作業に熱中していた。父の背中が一瞬ゆがんで見えた。

「俺ん息子に生まれたこつを、恥じるな」

父は背中でそう言っていた。俊之は自分を呪った。父は俊之の将来の邪魔にならないように、六十六歳になってなお板金工として働いているのだ。自分の家の貧しさを俊之が恥じていると知ったら、父の悲しみはどんなだろう。切ないような、祈るような表情の母の顔も、浮かんで消えた。

また球が入ったようだった。じゃらじゃらと球が出てきた。そのときすぐ近くで、ぐわっ、ぐわっという潰れたような声が聞こえた。おもわず辺りを見回したが、誰もがパチンコに熱中している。不審な人物はどこにも見あたらなかった。おかしいなあと思った次の瞬間、俊之はそれが自分の喉の奥から漏れている音であることに気がついた。声というよりもそれは音だった。精神をすり抜けて肉体が反応して立てる音だった。直後に噴き出したように涙が流れ出て、直接ズボンの膝を濡らした。隣の客が不思議そうに俊之の顔を覗きこんできた。俊之は起ち上がって帰ろうとした。俊之は自分に打ちのめされていた。パチンコ屋を出ると、耳をつんざくような騒音が後を追ってきた。

俊之は五時ごろになって、ようやく重い足取りで寮の敷地に足を踏み入れた。うっすらと夕闇が漂ってくる中に、ヒマラヤ杉は黒いすがたでひっそりと立っていた。十一室の窓は暗くて、まだ誰も帰っていないようだった。俊之は自分のベッドに入ってそのまま布団をかぶった。竹森の前で立ちすくんでいる自分の姿が、布団の中の小さな闇に現れては消え、消えては現れた。

やがてみんなが部屋に帰ってきた。鈴木も入ってきた。俊之はそれらを気配で感じながら、ベッドから出られないでいた。

夕方からベッドに入ったままいつまでも下りてこない俊之を、みんなが不審に思い始めたらしかった。九時ごろになって、氏家が呼びにきた。

「和田君、どうしたの。具合でも悪いの」

「いや、なんでもないです。いま行きます」

意を決して俊之がベッドを下りて部屋にいくと、ちゃぶ台に江原と氏家が座って署名の数をまとめていた。鈴木はときおり床に置いた電気コンロに手をかざして暖をとりながら、すぐそばで横になっていた。鶴田はひょっとしたら久しぶりに麻雀をやるつもりだったのかもしれないが、どうもそんな雰囲気にはなりそうになかった。ひとり自分の机に座って、専門の本を読んでいる風だった。署名とはかかわりたくないという意思表示に見えた。

江原がちゃぶ台の前で俊之の署名を受け取ったが、そこには教官一名分しかなかった。それまでは連日二桁前後の数を集めていたから、江原が訊いた。

「和田、今日は少ないね」

俊之は俯いていた。どう説明したらいいかわからなかった。

「なんかあったのか。言ってみろよ」

俊之のようすから、江原は不審なものを感じ取っているようだった。江原の問から逃げることはできそうになかった。

「教室の先輩に『僕たち下宿生は、ストーブくらい自分のお金で買ってるよ』って言われて、言い返せなかったんです」

たどたどしく言葉を選びながら、ようやく俊之は言った。あのとき俊之は寮生であることが恥ずかしくなったのだった。そんな心の奥の秘密はみんなに明かすわけにはいかなかった。

「でもね和田君、自分で買ってるって言っても、そいつのお金は親からの仕送りだろう。だから下宿して、ストーブを買う余裕があるんだろ。仕送りなしで、なにからなにまで自分で稼いでるわけじゃないだろう」

氏家が言った。その通りだった。氏家は十二名の署名を集めてきていた。あまり社交的でない氏家にとっては、なかなかの数字だった。氏家が茶を淹れて、俊之の前に差し出してくれた。氏家の発言を受けて、江原が続けた。

「親から仕送りを受けられない奴は大学にくるなということか。そんな意見に反論できないようじゃ、経済的な理由で大学に進学できない人たちに、申し訳が立たないんじゃないか」

俊之はいたたまれない思いで、うなだれていた。理屈はその通りで、俊之もわかっていた。あのとき控え室に居合わせた何人かの二年生の顔に浮かんでいたのは、珍しいものを見るような好奇の目だった。あの場面で俊之に、そんな反論はとても考えられなかったのだった。

「なんだか、お前は見下げたさもしい奴だと言われたような気がしたんです」

そう言った後で、自分に絶望するような思いがまた膨れあがってきた。

「冗談じゃないよ。そいつにとって、大学で勉強することは徹底的に自分のためなんだよな。しかしそんなやつのために、国民の税金がどれだけ使われてるんだ？　冗談じゃないよ、私立大より授業料が安いということは、その分そいつにも国民の税金がたくさんつぎ込まれてるということだぞ、冗談じゃないよ」

江原の言うことはいちいちもっともだった。聞きながら、俊之は自分の心の奥にあるものと向きあっていた。これから断られることを覚悟で、また竹森に署名を頼めるだろうか。それが問題だった。俊之は竹森に再び署名を頼んでいる自分を想像できなかった。

自分の貧しさへの理解と援助を竹森に向かって求めることは、とてもできそうには思えなかった。十一室に突然自分の居場所がなくなってしまったように、俊之は感じていた。

「いいか和田、俺は六年だからバイトもしてるし、買おうと思えばストーブくらい買えるぞ。でもね、それは俺のストーブだろ。俺が卒業すれば、部屋にストーブはなくなるよ。東京の冬を送るのに、暖房は必要だろう。それなら寮生活に暖房は必需品だよ。各部屋にストーブを入れろという要求は、俺たちのための要求じゃないぞ。いいか和田、これから寮に入ってくるすべての後輩たちのためでもあるんだぞ。このことを忘れるなよ」

「江原さん、『ひとりはみんなのために、みんなはひとりのために』ですよね」

氏家が言った。この言葉はこんな場面で語られるものだったのだろうか。氏家は理念やスローガンを表す言葉としてではなく、目前の決断と行動を促す言葉として使っている。竹森の署名を取ることは、今の俊之のままではたしかに無理だった。狭い個人的な心の問題を、国民全体の広い視野の中で立て直す必要があるということだろう。そのためには自分の貧しさを恥じてはならなかった。

「金がない奴は、健康で文化的な生活を送る権利はないってか」

それまで床に寝転がっていた鈴木が、くぐもった声で突然口をはさんだ。それからぼそっと言った。

「和田、貧乏って恥ずかしいよな。それにすごく悲しいよな」

「なんだよ、いきなり。話聞いてたのかい」

江原が言うと、鈴木は俊之に向かって言った。

「決めた、俺は明日から署名用紙を持って大学に行くよ。その代わり和田、お前はそいつから署名を取ってこい」

と言った。急にそう言われても、俊之には答えようがなかった。

「和田、俺の兄貴はね、俺を大学に行かせるために働いてるんだよ。父親がいないからね。俺はだらしなくてなにをしたらいいかもわからなくて、寮でぐだぐだしてるけどね。ほんとうは兄貴が大学にくればよかったんだよ。兄貴は俺なんかよりずっと頭がいいのに、冗談じゃないよ」

鈴木は最後に江原の口癖をまねて、また倒れ込むように仰向けに寝ころんだ。いつまでもパジャマの腕で顔を隠していた。江原は鈴木のようすを黙って見ていた。氏家はうなだれるように黙っていたが、茶を淹れるとそっと鈴木の前に押しやった。鶴田はあっけにとられて、鈴木のようすを眺めていた。俊之の話が鈴木の感情に火を付けたのだろうか。俊之の心にひそむ微妙な揺れを、鈴木は正確に見抜いているようだった。まるで鈴木自身が、自分の過去と心をのぞいているような時間がひっそりと過ぎていった。

しばらくして起き直った鈴木は、それまでの静寂を破るように宣言した。

「よし決めた。明日から俺は大学に行くぞ。ばんばん署名を取ってきてやる。その代わり和田、お前はそいつから署名を取ってこい、約束だぞ。ちくしょう、こうなったらしょうがねえから、ついでに授業にも出てバイトにも行くぞ」

そう言って鈴木は、ちゃぶ台の上の俊之のタバコに無造作に手を出した。

「和田、一本もらうぞ」

と後から言って、うまそうに煙を吐き出した。俊之は衝撃を受けた。鈴木は俊之のために奮いたったのだ。おそらく竹森の前で立ち往生した俊之の思いを、心の底から自分の思いとして受けとめている。そこから一直線に自分の生活を一新する覚悟まで固めたのだ。俊之は呆然と鈴木を眺めていた。鈴木は俊之の中で豊かな感情の巨人として起ち上がってきた。俊之は涙が出そうなほど心を揺さぶられていた。

「よーし、今晩はコンパにしよう。みんな酒代のカンパを出せよ」

江原が勢いよく立って、机の引き出しから財布を持ちだした。それぞれが財布を取りに起ち上がった。

「俺は金ないよ」

鈴木はにっと笑って言った。

「いいよ、今日はお前と和田から金は取らないよ。ふたりの分は俺が出しとく。その代わり、和田はそいつの署名を取ってこい」

江原も鈴木と同じように、俊之の宿題に念を押した。

鈴木は見違えるように、しゃきっとした姿勢で座っていた。心の有り様がこれまでとずいぶん変わったことが傍目にも見て取れた。竹森の署名を取ることは、たんに俊之の心の課題ではなくなった。いまや十一室みんなの目標になってしまった。

鈴木は宣言した通り、めざましい変化をとげた。その日のうちにストーブ闘争実行委員会に出向いて、一寮の署名集約の責任者になって戻ってきた。翌日から大学に通いアルバイトにも出かけるようになった。大学の寄宿舎委員会や学生部との団体交渉にも精力的に参加して活躍した。またたく間に鈴木はたくましい活動家に変貌した。これにともなって、十一室の人の出入りも格段に多くなった。一寮の各部屋で集めた署名は鈴木の下に集約されるが、肝心の鈴木が十一室にいることが多いのだから当然である。

「和田、例の奴の署名は取ってきたか」

連日鈴木は俊之を点検した。ぐずぐずしている時間はないのだった。鈴木がこうして精力的にストーブ闘争にかかわったのは、もともと俊之のためである。俊之が竹森の署名を取ってこないかぎり、鈴木の決起は滑稽なピエロ的なものになってしまう。江原と氏家はそのようすをそばで見ていた。竹森から署名を取ることは、俊之にとっていよいよ切羽詰まった課題になっていった。

「鈴木さんいますか。九室の署名を持ってきたんですけど」

数日後俊之の同級生の梨田が、十一室を訪ねてきた。梨田は同級生でただひとりの寮生仲間である。部屋に入ってきた梨田は、鈴木に署名を渡した後で、

「和田君、竹森さんの署名はどうなったの」

俊之に訊いた。

「なんで知ってるの」

「竹森さんが和田君をやりこめたって、この間控え室で騒いでたから」

あれ以来控え室に顔を出していないが、もう教室中の噂になっているのだろう。

梨田は背が低くて痩せていて体格は貧弱だったが、同級生の中では際だった存在だった。中国古典学教室では、毎年五月に新入生歓迎の一泊旅行をおこなっていたが、その夜の宴会の席でのことだった。一年生がいくつかのグループに別れて話していたとき、いきなり俊之の横のグループから激しい声が上がった。ひとりの同級生に向かって、梨田が激昂してしゃべっていた。

「僕の周りには、貧しくて大学に来られない友だちがたくさんいたよ。君の周りにもい

たでしょ。そのことになんにも感じないの。幸いにも大学に来られた僕たちは、彼らのためになんにもしなくていいわけ？　なんか僕たちにできることをしなくちゃいけないんじゃないの」

梨田は顔を真っ赤にして、うっすらと目に涙を滲ませながら詰め寄っていた。相手は思わぬ展開にどうしていいかわからずに、逃げにかかっていた。

「そんなことをいきなり僕に言われても。君は君で思うことをやればいいんじゃない？なあ」

追いつめられた相手は、そばの新入生に同意を求めていた。

「なんでそんなことが言えるの。能力があるのに貧しいというだけの理由で、大学に来れない人がいるんだよ。どうしてそんな不平等を黙って見過ごせるわけ」

なおも梨田は迫ったが、相手はもう反論せずにあきれたような顔をして、畳の上をにじりながら離れて行った。話の流れはつかめなかったが、俊之は梨田の激しい正義感に驚嘆していた。俊之の隣にいた同級生も、

「梨田ってすごいな」

と唸っていた。他人に関することでこんな風に涙を流して怒ったり、悔しがったりす

る人間を見たのははじめてだった。梨田の小さい身体の中には、俊之には太刀打ちできないほどの豊かな感情が秘められているようだった。梨田はクラスの自治委員として自治会活動に参加し、寮でも炊事委員として活躍していた。貧しいことでは俊之も人後に落ちない自信はあったが、梨田のように真っ向から切り結ぶような正義感は持ちあわせていなかった。竹森から署名を取ることは、梨田にはなんでもないことかもしれなかった。しかし俊之には乗り越えられない障壁のようにも感じられていた。

「梨田君、和田のやりあった相手って、どういう奴なのかな」

鈴木も気になっているのだろう、梨田に訊いた。

「いや、べつに大した人じゃないですよ。あの人からもらわなくてもいいんじゃないですか。他に署名してくれる人はたくさんいますから」

梨田は俊之に助け船を出そうとしていた。

「でもね、そいつの署名を取ってくるのは、和田の心の問題だから」

鈴木は確認するように、俊之を見ながら言った。俊之が江原の方を盗み見ると、鈴木の発言にうん、うんとうなずいていた。今後十一室の住人として生きる以上、逃げることは許されそうになかった。ことの発端は俊之なのである。これは十一室のけじめというべきもので、外からきた梨田には理解できないことだったろう。

「はい、取ってきます」

俊之はようやくそう言った。梨田も横にいる。覚悟さえ決まればできそうな気もしてきたのだった。

「よし、よく言った」

鈴木はそう言って、俊之のタバコを一本取って火を付けた。

「頑張って」

と、俊之の肩を叩いて梨田は自分の部屋に帰って行った。

「頑張ってね、和田君」

茶を淹れながら、氏家も言った。

「お前は男の子だ、ちゃんとやれる」

江原は俊之を見て言った。みんなの前で宣言はしたけれども、ほんとうにできるだろうか。俊之は一抹の不安に揺れていた。ここから先はひとりだった。

その後桐花寮の暖房器具獲得闘争は全学の支持を得て、その年の十二月には勝利して終わった。全学で四千名前後に過ぎない大学で、十一月には千二百名もの署名が集まった。短期間の間に一挙に全学に広がったのである。大学の寄宿舎委員会や学生部の教官はおおむね寮生の要求に好意的だった。大きな障害となったのは、文部省の推し進める「負担区分」という受益者負担の原則だった。全国の大学寮で負担区分原則が強力に貫徹されていく流れの中で、桐花寮の公費による暖房器具の導入は画期的な勝利といえた。しかし一方で燃料代は公費負担から外された。その意味では全面勝利とはいえなかった。それでも部屋に据えられた真新しい石油ストーブを見ると、やはりやるべきことをやり遂げた感慨と喜びがあった。

6

そろそろ後期の試験が始まろうとしていた、一月のある夜のことだった。その夜は珍しく鶴田も部屋に帰っていた。部屋の真ん中で石油ストーブが燃えている。その上に載せられたやかんが盛んに湯気を立てている。部屋の空気は相当暖められているのだろう、窓ガラスにはびっしりと水滴がついて流れていた。もう室内で丹前や防寒のジャンパーは必要ない。セーターやカーディガンを羽織れば、汗が出るほどである。つい習慣で氏家が電気ポットで湯を沸かしているが、やかんの湯を使えばいいのだった。鈴木はいつの間にか、江原のベッドにもぐり込んでしまったようだった。鈴木はここのところ、完全に十一室の住人になりきっている。鶴田は机に座って手紙のようなものを書いている。

「鶴田君、誰に手紙書いてるの」

氏家がちゃぶ台の上に茶碗を並べながら、首を伸ばして鶴田を見て言った。

「べつに、誰でもないです」

鶴田が俯いたまま答えた。このころになると、鶴田は自治会反主流派の立場を鮮明にし始めていて、文学部の中ではそちらの方で多少目立った動きをしていた。部屋の話し合いでぶつかることはなかったけれども、桐花寮の生活には彼自身息苦しいものを感じていたに違いない。鶴田にしてみればみんなとうち解けあえない以上、なにかに熱中している振りをする以外になかっただろう。

氏家は「ふーん」と言って、みんなの分の茶を淹れ始めた。氏家は寒がりで相変わらず丹前を羽織っていたが、さすがに汗をかいていた。俊之は氏家ほど寒がりではない。もう丹前もセーターも必要なかった。俊之は机に座って、落ち着いた気分で創作ノートを開いた。そのとき廊下に足音が響いて、江原が帰ってきた。

「おいみんな、雪だぞ、初雪だ」

と、すこし興奮気味に、部屋のドアを開けて叫んだ。人は普通左右の肩と足を交互にねじりながら歩くものだが、江原が上機嫌のときは、同じ側の肩と足を同時に出して歩くので、どしどしといかにも大股で歩くように見える。今夜もそうだった。コートを脱ぎながら声もどこか弾んでいて、広島出身の江原にも雪はうれしいのかもしれなかった。

「え、ほんと」

と言って、氏家が窓から透かして外を見た。俊之も起ち上がって窓のところに行くと、部屋の明かりを受けて窓の近くに白いものが動いていた。しんと静かなガラスの向こう側に、不意に白いものが現れてふわっと舞っては闇に消えていった。魅入られたように俊之はしばらく窓際に立っていた。宮崎で生まれ育った俊之には、人生ではじめて目にする光景だった。おそらく鶴田は雪景色などは見慣れているのだろう、べつになんの反応も見せなかった。俊之と氏家は並んでじっと外を見続けた。江原が冷え切った手をストーブにかざしながら、

「やっぱり部屋の中は暖かいな。今日バイトの金が入ったから、久しぶりに部屋のコン

パでもやるか」

と上機嫌で言った。騒ぎを聞きつけて、鈴木がむっくりと起き出してきた。髪の毛は相変わらずぼさぼさである。

「お、鈴木もいたのか。お前はどこにいたんだよ。また俺のベッドか。おい、勘弁してくれよ」

「まあ、まあ、それよりコンパの話」

鈴木が笑いながら言った。

「俺が金を出すから、誰か酒とつまみを買ってこいよ」

江原が財布を取り出しながら言った。

「え、いいね。さすが江原さん。じゃあ買い出しに行くのは、民主的に四人であみだで決めようか」

弾んだ声で氏家が言うと、今まで机に向かって手紙を書いていた鶴田が、

「江原さん、バイトの金が入って金を出すのは、先輩として当然じゃないですか。クラスの先輩はみんなそうですよ。買い出しに行くのはやっぱり民主的に、五人のあみだで決めましょうよ」

と、急に冗談めかして割り込んできた。俊之はぎょっとした。江原が金を出すのだから、そのコンパに参加するなら、買い出しには他の四人が行くのが当然ではないか。鶴田の言い分はおかしいと俊之は思った。徹底的に「民主的」なやり方を主張するのなら、部屋のコンパの費用も五人で割るべきだと主張すべきだろう。買い出しだけに「民主的」なやり方を求めるのは卑怯というべきだった。氏家もあっけにとられた風で、鶴田を見た。しかし「民主的」は江原の口癖のようなものだったからだろうか、江原は口をふくらませながら、

「ええ？　俺もあみだに入れってか。まったく冗談じゃないよ」

ぶつぶつ文句を言いながら、それでも江原はちゃぶ台の前に座ってあみだくじを作り始めた。

「よし、じゃあみんな選べ」

作りおわって江原が言うと、全員ちゃぶ台に集まって自分の棒を選んだ。江原は自分が当たることは考えてもいなかったのだろう、置きっぱなしの濡れたコートをつかんで起ち上がった。その間に鶴田は、いち早く自分の筋を読み切ったようで、

「やった、はずれ」

と言って、拳を上げた。俊之は申し訳ない思いになった。俊之も氏家も鈴木もはずれていた。鶴田の声を聞いて席に戻った江原は、自分で自分の当たりを確認すると、

「おい、冗談じゃないよ。俊がお金を出して、俺があみだを作って、俺が買い出しに行って、みんなにコンパを楽しんでもらうのかよ」

と、誰に言うともなくすねたように言った。俊之はいたたまれないような思いがして、江原の顔を見られなかった。

「俺も行きますよ」

鈴木が立とうとした。

「いいよ、俺が当たったんだから。いいか、気持ちよく飲めるように、ちゃんと部屋を掃除しといてくれよ。それからしばらく窓を開けて換気しとけよ」

江原は濡れたコートを再びつかむと、荒々しくドアを閉めて部屋を出て行った。廊下を遠ざかるゴム長の足音が、どしどしと聞こえた。俊之が立って窓を開けると、外の冷気がさっと頬を走った。外の雪は部屋の灯りに浮かび上がって、音もなく降り続いていた。窓から入りこんだ雪は、部屋の暖気で瞬くうちに溶けていった。雪は視界を完全に遮断してしまって、事務室の裸電球もヒマラヤ杉も見えなかった。雪はいっそう勢いを

増していたようだった。

六年生の江原が、たかが一年の鶴田の言ういかがわしい「民主的」という言葉に反論することもなく、結局自分が割りを食って買い出しに行く羽目になってしまった。もし俊之だったら、ばかばかしくなって「やーめた」と言って放りだしていただろう。江原は自分の「民主主義」にしたがって、夜の雪の中に出て行ったのである。江原はそれまでの俊之の人生の中に、決して現れたことのない種類の人間だった。俊之は江原の「民主主義」を本物だと思った。江原は、言葉ではなく行動そのもので民主主義を体現しているように、俊之には思われた。

鶴田はおそらく「民主主義」という言葉に、生理的な嫌悪を感じていたのだろう。もちろんそれは高校までの俊之にもあったものだが、それが鶴田と同じものと言っていいかどうかはわからない。彼の所属する西洋史教室は、「民主主義」を社会主義革命への道を妨害する反革命思想として攻撃する人たちが多かった。だから鶴田の「民主主義」嫌いは、もっと深い理論的な背景を持っていたのかもしれない。ふだんから鶴田は寮で生活することに、息が詰まるような思いを抱いていたのだろう。ことによったらこのとき鶴田は、「民主主義」をやたらに口にする江原を揶揄するつもりだったのかもしれない。しかし江原は挑発に乗らず、誰かを誘って連れだって出かけるということもなく、いさぎよくひとりで買い出しに出て行ったのである。この瞬間、俊之は民青に入ってもいいと唐突に思った。江原のような人間になりたいと思ったからである。自分の思想を、言葉ではなくふだんの生活と行動で表現している人物こそが、本物であるはずだった。ひょっとしたら俊之にも、心からの生きる意味や喜びを感じられるような人生が開けるかもしれないと思った。

聞くところによると、江原は民青に入っていたが、人を勧誘しないといって批判されているとも聞いた。江原に誘われればすぐに俊之は民青に入ったに違いない。しかし江原は、民青は自分で学んで自分から入るもので、勧誘したりされたりするものではないという持論を貫いているという噂だった。江原がよく口にする「人間の全面発達」という言葉を、あらためて思い起こした。生きる目的として、今の俊之にとってこれほど納得できるものはないように思われた。

江原が買ってきた飲み物は、ビールとサントリーレッドとサイダーだった。つまみはピーナツと柿の種、各種の缶詰、その他は例によって大根、人参、葱といった生野菜だった。いったいどこまで買いに行ったのだろう。この雪の中を駅の辺りまで行ってきたのかもしれなかった。雪を払いながら部屋に帰ってきた江原は、さっそくかじかんで赤くなった手をストーブにかざした。江原はしばらくの間「うーっ」と唸りながら、凍えきった身体を揺すっていた。それからビールの栓を抜いて、

「よーし、飲もうぜ」

と言いながら、みんなのコップに注いだ。

「寒かったですか」

と、間の抜けた質問を俊之がすると、

「もちろんだよ、すごい降りだぞ。もうかなり積もってる」

と江原は答えたが、その言葉にはなんのわだかまりも感じられなかった。

「誰か、野菜を洗ってきてくれると有り難いんだけどね。またあみだにするか」

と江原が笑いながら言うと、鶴田が、

「僕が行ってきます」

と応じた。鶴田について俊之も起ち上がると、氏家も腰をあげた。

「いいです、氏家さん、ふたりで洗ってきます」

俊之が氏家を制した。一年生ふたりで行く方がいいような気がした。鶴田はたぶんい

たたまれないような思いでいるに違いなかった。

「江原さんって、いい人だな」

洗面所で野菜を洗いながら俊之が言うと、鶴田もうなずいた。鶴田が居心地のいい思いでいるわけがなかった。野菜を洗って部屋に帰ると、ちゃぶ台の上にはもう電気コンロと味噌と醤油が用意してあった。今夜は豪華で、鯨と赤貝の缶詰も開けられていた。氏家は広げた新聞紙の上で野菜を適当な大きさに切っていた。

「葱をストーブに載せて焼いてみようかな」

氏家が言った。

「火力が強すぎて、すぐ焦げるんじゃないか」

江原が言った。ストーブの上で盛んに湯気を上げているやかんを見ると、たしかに火力は強そうだった。江原は缶詰を開けて、赤貝をうまそうにつまんだ。

それから江原はいつものように大根を生のまま食った。俊之が同じように食べても、江原のように気持ちのいい音は出ないだろうと思われた。実際にうまいと思って食べている分、江原の音が一番心地よく響いた。

「いろいろ考えて、長い間迷っていたけど、俺はやっぱり大学院に行くことにしたよ」

突然、江原が言った。

「そうですか、じゃあ試験は来月じゃないですか。大丈夫ですか」

「まあね。どうころんでもいいように、適当に勉強はしてきたから」

江原は麻雀、絵、ギターなど、あれだけ多様なことに手を染めながら、一方ではちゃんと勉強もしてきていたのだ。

「俺はどうしようかな。鹿児島に帰らなくちゃいかんしなあ」

氏家は鹿児島に帰って弟妹の面倒をみなければならないらしかった。氏家は大学院への進学を選択できる江原をうらやましいと思っているのだろう。それにしても江原は自分の進路を決めるのに、六年をかけたということなのだろうか。急に進学を決めて、来月の入試に間に合うのだろうか。同じ部屋で生活しているのに、江原は俊之にとって未だに謎の多い人物だった。

「念のために勉強するよ。みんなにはちょっと迷惑をかけるかもしれないけど、よろしく頼むよ」

江原が、ウイスキーの入ったコップを顔の前に持ち上げて、みんなに言った。江原は自分の道を決めたようだった。

「いいなあ、俺はどうしようかな」

江原の言うことをじっと聞いていた鈴木が、横になって腕枕をしながら言った。みんなに比べると鈴木は極端に薄着である。相変わらず薄手の青いパジャマを着ているだけである。部屋にストーブが入る以前も、このパジャマの上にカーディガンを羽織っただけだった。新潟出身なので寒さに強いということらしい。

「お前はね、まず自分の部屋で生活するようにしろよ」

「江原さん、俺はね、ここがいいんですよ。なんか、すかっとすることねえかな。俺も大学院に行こうかな。ああ、俺は勉強してないから無理か。やっぱり教師になるかな。あ、タバコもらうよ」

ずいぶん気楽な発言に聞こえるが、このところの鈴木の物言いからは自堕落な雰囲気が消えている。立ち居振る舞いにもしっかりとした自信と落ち着きとが感じられるようになっていた。なによりも鈴木は俊之を深いところでわかってくれていた。俊之にとっては、人生を共に闘う同志という気分を持たせてくれる人物だった。

俊之は大学を出た後の自分の将来を、まだ想像することはできなかった。ただ自分の人生が、他の人の人生と深く結びついているということは感じられるようになっていた。

江原がよく口にする「人間の全面発達」、「ひとりはみんなのために、みんなはひとりのために」という言葉は、これからの人生を考える上での指針になっていた。竹森事件は俊之にとって、自分を見つめ直すきっかけになったようだった。それまで無意識の中に巣くっていた貧乏を恥じる心は、反省の対象として意識のまな板にのっていた。

竹森の署名を取ったときのことを思い出すたびに、おかしくなって俊之はひとりでつい笑ってしまう。

他の二年生と一緒のときだと逃げられそうな気がしたので、竹森が控え室にひとりのときをねらって、俊之は声をかけた。

「竹森さん、ストーブの署名をお願いします」

「なん度も言ってるじゃん、僕らは自分で買ってるよ。寒けりゃストーブくらい自分で買ったら？」

竹森は露骨に迷惑そうな顔で言った。意識の表面では貧しさを恥じることはなかったのに、この間はこの言葉でそれを引き出されたのだった。

「寮生は下宿するだけの経済的な余裕がないから、寮に住んでるんですよ。みんな家からの仕送りなしで暮らしてます。竹森さんとは違います」

「君も？」

「仕送りなら、僕もないですよ。仕送りがあれば寮に入れないです」

「それなら、バイトでもなんでもして買えば？」

竹森はうんざりしたように言った。この程度の抵抗でひるむわけにはいかなかった。竹森から署名を取ることには、鈴木との約束がかかっている。嫌がって控え室から出て行こうとする竹森に、俊之はしつこく食い下がった。何度断られても機械的に言い続けるつもりだった。

「署名をお願いします、竹森さん。僕は自分のためにストーブを買ってくれって要求してるんじゃないです」

「わかってるよ。でも、結局その石油ストーブにあたるのは君なんだろ」

「はい、今は部屋の四人であたります。でもストーブは寮の備品ですから、部屋についてるものですよ。僕が寮を出れば、次に入る人が使います。僕のもんじゃないです」

竹森は自分だけに執拗にまつわりついてくる俊之に、気味の悪さを感じていたのかもしれない。

「他の人にも頼みなよ。どうして僕だけに言うの」

竹森はついに逃げの姿勢に入ってきた。ひたすら竹森の目を見つめながら、俊之は迫った。

「他の二年生には、竹森さんの後で頼みます。僕は自分のためにやってるんじゃないです。それに僕のストーブを竹森さんに買ってくれって頼んでるんじゃないです」

「当然だよ、君のストーブなんか絶対買わないよ」

「寮は木造ですきま風も入るのに、暖房器具は寮の設備として贅沢だ、必要ないってことですか、竹森さん」

「そんなことは言ってないよ」

「でも署名はできないんでしょう、そう言ってるのと同じじゃないですか」

俊之はどんなことがあっても竹森から署名を取る覚悟だった。それは江原や氏家や鈴木など、寮のみんなに対する責任だったが、それだけには終わらなかった。これから入ってくる未来の寮生たちに対する責任でもあった。

「署名お願いします、竹森さん」

憑かれたように署名を迫る俊之を振りきって、竹森が控え室から出ようとしたとき、ドアの向こうの廊下に二年生がこっちに向かってくるのが見えた。俊之はしまった、二年生の中に逃げられてしまうかもしれないと思った。ところが実際は逆だった。竹森は振り返って俊之の持っている署名用紙をすばやく奪うと、控え室の机の上でさっと署名して逃げるように出て行ったのである。あっけに取られたのは俊之の方だった。詰まるところ竹森は署名する場面を、二年生仲間に見られたくなかったということなのだろう。しかしそれは俊之にとってはどうでもいいことだった。

竹森からやっと署名が取れた。これで部屋のみんなに報告できると思うと、ようやくほっとすることができた。そこには自分ひとりの世界から、やっとみんなと繋がる世界に足を踏み出せたという感慨も含まれていた。鈴木のうれしそうな顔が浮かんできて、身体がふわふわと浮き上がりそうな気分を味わった。江原や氏家の顔も浮かんできた。江原や鈴木や氏家は、今の俊之の生きる手本だった。彼らが署名を取るように厳しく迫って俊之の退路を断ってくれなかったら、今の満ちたりた思いが可能だっただろうか。

俊之は酒にあまり強くない。氏家に茶を頼んだ。氏家は十一室の茶の責任者という自覚があるようで、いつもふたつ返事で淹れてくれる。

もう深夜で十二時をとっくに過ぎて、一時になろうとしていた。みんなずいぶん酒の酔いも回っていた。そのときいきなり全寮放送が響いた。異例の時間帯である。

「寮生のみなさん、初雪が積もりました。各寮対抗の雪合戦をやりましょう。参加する人は十分後に事務室前の広場に集まってください」

放送の声にはいくらか沖縄なまりがあって、聞き覚えがあった。

「赤嶺かな？　彼は沖縄出身だから、雪に異常に興奮してるんじゃないかな」

赤嶺は沖縄からの留学生だった。ストーブ闘争でも中心になって活躍していた。同じ一年で国文学科だったので、俊之とは多くの授業が重なっていて仲がよかった。宮崎出身の俊之には、赤嶺の興奮が理解できる。赤嶺の部屋は、全員が沖縄と九州の出身だった。

「俺も雪合戦なんかしたことないですよ。ちょっとやってみようかな」

積もった雪を間近に見たことも、俊之にはまだなかった。雪をつかむ感触はどんなものだろう。すこし心が動いて鈴木を見た。

「なにが面白いんだか。雪なんか迷惑なだけだぜ」

新潟出身の鈴木はあくびをしながら、ちゃぶ台の上に置いた俊之のタバコに手を伸ばした。

「面白そうだな、俺も行こう」

江原は起ち上がって手ぬぐいでほおかむりをすると、襟巻きをした上にコートを羽織り始めた。手ぬぐいのほおかむりはなんのためだろう。雪合戦にあまり役に立つとは思えなかった。江原も広島出身で、あまり雪とは縁がなかったはずである。氏家も腰を上げて、外に出かけて行きそうな気配を見せた。鹿児島にも雪はあまり降らない。

「もう、しょうがないなあ。なにが面白いのかね、雪合戦の」

と言いながら、鈴木も後についてきた。鈴木は相変わらずのパジャマにカーディガンの出で立ちである。鶴田はあきれたような顔をして、机に座って手紙のようなものの続きを書いていた。

外に出ると雪はとっくにやんでいた。事務室の入り口の裸電球が、ぼーっと下からヒマラヤ杉を照らしていた。上空にはところどころ雲の切れ間ができていて、月がのぞいたり星が見えたりしていた。明日は快晴かもしれない。中庭には二十人くらいの寮生が、思い思いの格好で出てきた。さすがに一年生が多い。六年生は江原だけで、三年生も鈴木と氏家を除けばほとんどいないように思われた。

「各寮対抗」といっても、周りが暗いのでお互いに何寮に住んでいるのか瞬時にはわからない。赤嶺がルールを説明している間に、てんでに雪投げが始まってしまった。そうなるともう敵も味方もない。ただがむしゃらに雪玉を作っては、目の前の相手にぶつけるということになった。雪玉の材料は無尽蔵だった。事務所の向かいのテニスコートは、人の踏み跡もない雪原に見えた。雪はいくらでもあった。歓声を聞きつけて、各寮の窓が開いて人影がのぞいた。

はじめての雪合戦に俊之は興奮した。各建物の出入り口に裸電球がひとつ点いているだけなので、周囲は大変暗い。どこから雪が飛んでくるかわからないが、当たっても雪玉はさして痛くはなかった。それより襟元や首筋から入りこむ雪の方が、冷たく溶けて難敵だった。雪の正体はやっぱり水だった。雪をつかむ手の冷たさは尋常ではなかった。雪はやがて手袋に浸みて、じんじんと指先がしびれた。

もはや全員が敵といってもいい状況だった。逃げまどい、投げまくり、闇雲に走り回っているうちに身体がぽっぽっとほてってきて、やがて寒さを感じなくなってきた。俊之の目の前で、江原が鈴木に後ろから雪玉を投げつけられていた。江原が悔しがって仕返しをしようとしていたが、雪玉を作るスピードや大きさの点でとても鈴木の敵ではなかった。しかしフットワークの良さとスタミナはさすがに体育学部である。右目の悪い氏家はどうしても左目に頼るので、常に左半身に構えている。運動神経もあまり優れてはいないようで、まるで見当違いの方向に投げている。これは見ているとさすがにおかしくなってくる。赤嶺は背中に雪を入れられて、ひゃあーっと言って飛び上がって笑っている。みんなはあはあと白い息を吐きながら、真っ赤にほてった顔をしてはしゃいでいた。なんでこんなことがおかしいのかと思うようなことで、みんな激しく笑っていた。

今は何時ごろだろう。空を見上げると、雲が切れて月の光が漏れていた。前方にはヒマラヤ杉と桜の木がひっそりと暗闇の中に立っている。葉をすっかり落とした桜は、まだ裸のまま春を待っていた。ヒマラヤ杉は事務室の屋根を越えて、不気味な黒い影を作っている。

そのとき大きく切れた雲間から、シャワーのように月光が注いでヒマラヤ杉と事務室の屋根を照らし出した。光と闇のコントラストで、雪を被ったヒマラヤ杉が見事な光の帯の中に浮かび上がった。それは俊之の目を釘付けにした。江原も白い息を吐きながら、この一瞬の光のシャワーを見つめていた。

そのとき氏家の力任せに投げた雪玉が、偶然見当違いに上空に向かって飛んで、ヒマラヤ杉のてっぺんにぶつかった。すると枝にこんもりと積もっていた雪が、衝撃でどさどさと連鎖的に落ちていった。ちょうどその下に身を隠していた鈴木の上に、大量の雪が襲った。

「おひょー」

という叫び声を上げて、鈴木は雪をかきわけて出てきたが、やはりどこか雪に慣れているような身のこなしだった。しかしそれはみんなの笑いを誘った。月光を浴びながら、雪にまみれた眼鏡を手にして鈴木も笑っていた。次の瞬間重い雪を落とした枝はその反動ではね上がって、細かい雪の破片を周囲にまき散らした。するとそれは降りそそぐ月光の束の中で、粉々に砕かれた無数の宝石の微粉末のように漂いながら、光を散乱させた。一瞬鈴木の頭上にはひらひらと舞い落ちる雪のかけらが織りなす、青白い光のページェントが現れた。濃い闇の中に浮かび上がった光のオブジェは、みんなの目を完全に奪った。鈴木もつられて頭上を見上げていた。しかしそれもほんの数秒の間のことだった。すぐに上空の雲が動いて月を隠してしまった。ヒマラヤ杉も闇につつまれて、みんなの荒い息づかいだけがその中に残った。氏家はよほど激しく動いたらしい。息も絶え絶えな声で、

「僕はもう帰る」

と言った。これが合図になった。どうやら雪合戦の終わりがきたようだった。

「今度雪が積もったら、またやりましょう」

赤嶺が言って、我に返ったようにみんなが動き始めた。みんな白い息を吐きながらしきりに手をこすっている。それぞれが自分の部屋に思い思いに帰り始めた。ざっざっという雪を踏む音がしだいに拡散して遠ざかった。

俊之たちが十一室に戻ったときは、もう深夜の二時を過ぎていた。ベッドに入ってもしばらくの間、きらきらと輝く光につつまれたヒマラヤ杉が目の奥に浮かんでいた。

この後しばらくして、後期の試験の始まる直前に鶴田は寮を引き払って出て行った。

その直後に、鈴木が自分の部屋から十一室に引っ越してきたことは言うまでもない。

もう一度選ぶなら

1

時間はもう昼近くになっているはずだが、俊之の頭は依然ずきずきと痛んでいた。布団のぬくぬくした温かみが、俊之の踏ん切りをためらわせている。あきらかに昨夜は飲み過ぎだった。最後にウォッカを何杯もあおった記憶がある。飲み過ぎだとは自分でもわかっていたが、心地よい興奮が深酒を誘ったのだ。久しく胸の奥にしまい込んで、ふだんは忘れている苛烈な青春の日々が蘇ったのだった。

俊之はかつての東京教育大学を六年かけて卒業した。それは仕送りがなくてアルバイトに精を出す必要があったせいもあるが、多くはこの大学に吹き荒れた特殊な事情によっている。東京教育大学は、東京文理科大学、東京高等師範学校、東京農業教育専門学校、東京体育専門学校の4校合併によって戦後新しく出発した大学である。三つのキャンパスに五学部を擁するアカデミックな学風に溢れた中規模の国立大学だった。しかし俊之が入学した六十年代の後半は筑波移転の是非をめぐって学内が紛糾した。俊之の六年間は、文字通り筑波に始まって筑波に終わったといってもよかった。一時は俊之も人並みの就職を目指して必死に奔走した。郷里の宮崎には年老いた両親がいて、七十になる父親は板金工として現役で働きながら、俊之の卒業を心待ちにしていたのである。俊之は早急に仕送りをする必要に迫られていた。しかしいくつか受けた入社試験にことごとく落ちてしまった。最終面接までは行っても、採用されるまでには至らなかった。

「東京教育大の出身ですね。それにしても卒業までどうして六年もかかったのですか」

どこでも決まって訊かれる質問である。

「文学部はストライキやロックアウトで、一年半も授業がなかったものですから」

俊之はなんとか穏便にここら辺りで納得してもらいたいと思う。

「じゃあ、四年で卒業した人はいなかったということですか」

錐のように鋭い質問が続く。東教大の事情などとっくに調査済みなのかもしれない。この辺から俊之の口調から落ち着きが失われていく。

「いや、数十名くらいは、四年で卒業したと思います」

「その人たちは一年半も授業がなかったのに、どうして四年で卒業できたのですか」

それは俊之だけではない、当時東京教育大学文学部に在籍した者たちのすべてを切り裂く質問でもあった。入社試験の最終面接という緊張に震えているときに、一言二言で説明できるような事柄ではない。

「勉強がすごく好きだったんではないでしょうか」

俊之は質問をはぐらかして冗談めかして、こう答えた。前に並ぶ五人の中で面接をほぼ一人で仕切ってきた男が、じっと射るような目で俊之を見つめた後で、ふっと息をついて、

「はい、わかりました。結果は後日手紙でお知らせします。ご苦労様でした」

男はなお俊之を見つめながら、書類をとんとんと机の上で揃え直して、さっさと帰るように目で促した。俊之の心の奥を見切ったということなのだろうか。案の定結果は不採用だった。では、正直にありのままを話していれば採用されていたのだろうか。その後も数社を受け続けたが、いずれもうまく切り抜けられなかった。

それから俊之は、年老いた両親への仕送りをこれ以上延ばすわけにいかなくて、アル

バイトで手がけていた塾の講師の仕事を、頼まれるままに広げていった。俊之にとっては楽しい仕事だったが、宮崎に住む両親にとっては親戚に自慢できない息子の職業だった。その後今日まで俊之は予備校の講師として生きてきた。社会保険も退職金もない職場だから、世間並みの就職というにはほど遠い。しかも生徒の人気がなくなればすぐに契約を解除されるという厳しさもある。しかし生徒との付き合いには汲めども尽きぬ面白さもあって、以来三十年近くを夢中で過ごしてきたといえる。

昨夜は東教大の学生寮に住んでいた者たちの有志が、二宮の呼びかけで集まった。同じ寮生仲間で、国会議員に当選した赤嶺を励まそうという趣旨のようだった。俊之は二年間しか寮にいなかったから、参加資格はすこしばかり微妙なところがあったが、思い切って行ってみることにしたのだ。久しぶりに赤嶺に会いたかったこともある。赤嶺はその昔、失恋して落ち込んでいた俊之の前で、

「和田を振るなんて、どういう奴だよ。許せないよ」

沖縄なまりのイントネーションで憤慨してくれたことがある。赤嶺の人のよさと真っ直ぐな人柄を思い出して、無性に会いたくなったのだった。俊之が働いている予備校にはまず見あたらないタイプである。

これまで俊之は同窓会やOB会に参加したことは一度もなかった。だからどこでも行方不明という扱いになっている。今をどう生きるかが一番大切なことで、過去を振り返って思い出を温めあうことには意味がないと、俊之は勝手に思っていた。酒を飲んでやあやあと肩を抱き合いながら、当時の対立や苦悩を懐かしい思い出の中に解消するようなことは、どうにも好きになれなかったのだ。だから俊之がこういう種類の会合に参加するのは、卒業以来はじめてのことだった。

会場になっていた神田のレストランに入ると、通路の左側に七、八人の初老の男たちが座っていた。彼らが一斉にこちらを見たが、とっさに見覚えのある顔は見つけられなかった。俊之がさらに奥の部屋があるのかと思って、彼らの横を通り過ぎようとしたとき、

「おう、和田じゃないか、相変わらずひょうひょうと歩いてくるね」

聞き覚えのある声がかかった。すこし遅れて店に入った俊之をいち早く見つけた赤嶺の声だった。見ると赤嶺が立って手を振っている。沖縄なまりがすこし残っていて、昔の赤嶺と寸分変わらない。ただ髪の毛に交じった白髪と顔の皺が、さすがに年相応に増えている。その赤嶺がちょっと首を縮めて、顔中をくしゃくしゃにして笑いかけている。

次の瞬間、俊之を見ている周りの男たちの顔が記憶の中から起ちあがってきた。懐かしい仲間の顔ばかりだった。その中には、はにかんだような笑みを浮かべた木村の顔もあった。木村の頭髪は大幅に後退していて、頭頂には数えられるほどの本数が生えているだけだった。

やがてみんなが近況報告を始めた。人数としては高校教師が一番多くて、島内は石原都政が教育現場に作り出した深刻な現状を語っていた。高木は故郷で裁判を闘っている。生徒から依頼されて文章を書いたところ、これを掲載した生徒会誌が、政治的な偏向があるとして発禁処分に遭ったのだという。高木の裁判は、この処分をおこなった校長を相手に闘われていた。問題とされた高木の文章はマレーシア・シンガポールに旅行したときのことを書いていた。旧日本軍の蛮行を示す遺跡の周辺で、現在日本企業が引き起こしている公害問題に触れていた。この紀行文のいったいどこが発禁に値するというのだろう。こんな一見些細に見える問題に裁判所はどうもまともに審理を尽くしてくれないようで、一審は負けたという。裁判にかかるエネルギーは大変なものであるはずである。しかし高木はことさら力むこともなく、これは憲法を守る闘いだと穏やかに話していた。

俊之は静かな感動を味わっていた。それは「東京教育大学」を今もみんな生きているという感動だった。たしかに大学は廃学になり、筑波新大学は設立された。その意味では俊之たちの闘いは敗北だった。しかし敗北は挫折ではなかった。当時流行っていた挫折感という感傷的な心情とは、ここにいるみんなはまったく無縁だった。勉学環境としてはきわめて劣悪だった東教大での青春を、参加していた全員が誇りに思っているようだった。二宮は相変わらず頭のてっぺんから出てくるような、甲高い声でまくし立てている。彼は頑として民青に入ろうとしなかったが、誰よりも民青的でしかも党派的だった。その姿勢は都庁の職員としての現在も変わらないらしい。木村はロシア関係の貿易会社をリストラされて、この数年アルバイトで食べていると言って、気弱に笑った。五十台半ばのこの歳まで結婚もせずに、一人で暮らしているらしかった。早く次の人に回ってほしいという様子で、木村は赤嶺に話を渡した。赤嶺はみんなに思い出を残していた。赤嶺の話にみんなが加わってきて、過酷とさえ言えるような大学時代が痛快な思い出に変っていった。三十年ぶりの邂逅《かいこう》は、俊之に今を生きるための清新な風を吹きこんできたようだった。

昨夜の場面が次々と浮かんでくる。懐かしさとうれしさが、俊之の酒に勢いをつけたのだろう。消化器系の異常は感じなかったが、酒は俊之の後頭部に頑強に居座っていた。

頭を振るとガーンと痛んで目眩《めまい》がした。完全に二日酔いの症状だった。それでも昨夜久しぶりに味わった爽快な興奮は、俊之の全身にみなぎってまだ脈打っているようだった。

ようやく布団のぬくもりに踏ん切りをつけて寝室から居間に顔を出すと、専門学校に通う二十歳になる娘の裕美が腫れぼったい目をして俊之を見た。昨夜遅く帰ったときと比べて、居間のカーペットの上は模造紙や布の切れ端、絵の具や筆などで、いっそう乱雑さを増していた。徹夜で洋服のデザインの宿題に取り組んでいたのだろう。娘は高校を卒業すると、スタイリストになりたいと言ってさっさと専門学校への進学を決めてきた。無遅刻・無欠席で、成績も一番で卒業するという目標を自分に課している。俊之が見ている限り、宿題なども実に楽しそうにこなしている。

「おはよう」

こきこきと肩を動かしながら、裕美が言った。

「今、何時だい？」

「もうすぐ十二時よ。きのうはずいぶん酔ってたわね」

「うん、三十年ぶりに大学時代の友だちと会ったんだよ。衆議院議員の赤嶺が来ててね、これがまったく昔と変わってないんだよ」

「きのう聞いたわよ。飯田橋の議員宿舎に行って、沖縄のおでんをごちそうになったんでしょ。よかったね」

裕美は笑いながら、うんざりした様子で肩を回している。俊之は裕美に話したことを覚えていなかった。帰ってすぐに寝たようにしか記憶していない。

「そうか、もう話しちゃったか。でも、よかったんだよ」

「そうでしょうね」

裕美はそれ以上二日酔いの父親と話す気はないらしく、宿題の作業に戻っていった。

俊之は台所に行って、冷蔵庫から冷やしてある緑茶を取りだして飲んだ。冷たい液体が身体の中心を降りていって、俊之はようやくはっきりと目覚めたようだった。そういえば昨夜帰ってきたとき、集まりの様子を裕美に話して聞かせたような気もしてきた。帰ってきたとき妻はすでにベッドに入っていたし、今はもう仕事に出かけている。俊之は昨夜の興奮を持てあましていた。誰かに話さないではいられなかった。

俊之は毎年数百人の生徒を相手にしている。その中に新聞配達をして予備校に通い、その後も新聞配達を続けて大学を卒業して、今は民青の指導に専念している教え子がいる。女だが豪快で屈託がない。俊之のお気に入りの教え子の一人である。俊之はさっそく電話をかけて、昨夜の会合のことを話し始めた。

「和田先生、これで三度目ですよ」

彼女はあきれたように言った。俊之は受話器に耳をあてながら、急いで昨夜の記憶をたどった。そういえば帰りの駅のホームで、乗り継ぎの電車を待つ間に電話をしたことをぼんやり覚えていた。

「そうか、都庁前の地下鉄のホームで電話したんだ」

「そうですよ。その後電車を降りて、家に帰る途中にもまた電話がきましたよ」

「え？　覚えてないな」

それは俊之の記憶から完全に飛んでいた。

「和田先生、しっかりしてくださいよ」

「うん、わかった。じゃあ悪かったな」

三度も電話をかけて同じ話をしようとしていたとは俊之も驚いたが、つまるところよほどうれしかったということなのだろう。

2

教え子への電話を切った後、しばらくして俊之の目は本棚の一角に向かった。夫婦の寝室には俊之の机と本棚が置いてある。机の陰になっていて、いつもは目に触れない一角がある。俊之の大学時代の創作ノートや日記の類を収めているが、二十年前にこの団地に引っ越してきて以来放置したままである。その中から俊之は、「英雄の息吹を吸おう！」と表紙に大書したノートを取り出した。ロマン・ロランの『ベートーベンの生涯』（片山敏彦訳）の序文、「～世界が、その分別臭くてさもしい利己主義に浸って窒息して死にかかっている。世界の息がつまる。——もう一度窓を開けよう。広い大気を流れ込ませよう。英雄たちの息吹を吸おうではないか」から採った言葉だった。当時俊之は民青の活動家として動く一方で、生きることへの倦怠や時折湧いてくる死にたいという衝動に悩んでもいた。「英雄の息吹を吸おう！」という表題には、当時の俊之の切羽詰まった思いが感じられる。ノートにはときどきのさまざまな出来事に対する決意や思いが、文章や詩の形で書かれている。若い日の俊之が息づいていた。俊之は自分で自分を点検するような醒めた思いと懐かしさを感じながら読み始めた。

冒頭には失恋から必死に立ち直ろうとする思いが綴られていた。このときの切ない思いからは、もうずいぶん遠いところに来てしまっている。大学三年の元旦の日付から書き始めているから、七〇年安保の前年にあたる。俊之自身の生活だけでなく大学自体も大きく変貌していった時期である。失恋した相手の顔が、ぼやけていた記憶の中から蘇ってきた。揺れる心が書き殴りのペン字に表れている。この後まもなく大学はロックアウトされて、一年以上にわたる警察管理下での検問体制が敷かれることになる。全学闘争委員会（全学闘）による「本館封鎖」を解除するという口実で、機動隊が導入されたのである。「全学闘」はヘルメットにゲバ棒、鉄パイプで武装して、大学の事務棟である「本館」に机や椅子を積み上げて、「バリケード封鎖」をして中に立てこもっていた。彼らの行動は徹底的に大学執行部に利用されて、この年の「入試中止」の最大の口実にもなっていた。それなのに「全学闘」は前夜のうちに情報を得ていたようで、機動隊が入ったとき彼らはなんらの抵抗も見せず大学から姿を消していた。機動隊が「公務執行妨害罪」で逮捕したのは、ヘルメットもゲバ棒も持たない素手の学生たちだった。これ以降一年以上に渡って、東京教育大学は警察が管理する大学になった。家永三郎などの文学部の教官は、これに喪章をつけて抗議した。

東京教育大学の「筑波移転」は、単なる一大学の移転問題ではなかった。それは「筑波研究学園都市」という、政府と資本の一大プロジェクトの中核に座る大学への、東京教育大学の転身を意味していた。大学執行部による学内民主主義の蹂躙と強権の発動には容赦がなかったが、その背後には国策として産学協同を進める政府の強力な後押しと圧力があったのである。

ノートを読み進めるうちに、さまざまな出来事が次々に思い出されてくる。筑波推進派の拠点だった理学部では、「本館封鎖」や暴力とはまったく無縁の理学部自治会の正副委員長が無期停学処分にされた。反対する学生への見せしめということだろう、一人はその後退学処分に格上げされた。彼の意志的な精悍な表情が浮かんできて、俊之は今さらながらその無念を思った。

学生や大学院生に「誓約書」の提出を最初に強要したのも理学部だった。「誓約書」を提出した者だけに「入構証」を発行して、ロックアウト下での授業の受講を認めたのである。それには本人の「誓約」の他に、「万一上記学生が、誓約書に違反した場合は、貴学のとられる処置に対して一切異議を申しません」という親の署名、捺印までも求めていた。卒業を人質にした屈服の強要だったといえる。やがて教育学部が理学部に続いた。これは広範な学生の間に、深刻な苦悩と絶望を生むことになった。筑波移転の「正式決定」は、こうした一連の異常な体制のもとで、文学部欠席のまま評議会で強行されることになる。大学執行部はあらゆるレベルで話し合いを拒否し、強権を発動し続けた。その中心に座っていたのが宮島学長代行だった。ノートの中に久しく忘れていた名前を見つけて、思わず懐かしさを感じて俊之は苦笑してしまった。当時はこれを「宮島専決体制」と呼んでいた。あるページの詩には「ファシスト宮島」という、罵りとも呪いともつかぬ言葉がやたらと殴り書きしてある。自分の怒りを詩的に昇華する余裕すら失われている。血迷っていたというよりは、それほど俊之は憤っていたということだろう。ノートの至るところで俊之は怒っていた。

当時文学部教授会は移転に反対しながら、全学一致の妥協点を図るための話し合いを求めていた。しかし大学執行部は文学部教授会の頭越しに、「誓約書」を提出した者だけに推進派教官による授業を再開するという暴挙に出た。文学部教授会はロックアウト下での授業再開を認めていないのだから、いわば非合法の授業によって卒業単位を認定したのである。このとき政府と学長執行部は移転に邪魔な文学部を潰してしまうという、大学史上空前の方針をすでに固めていたのかもしれない。学内の民主的な手続きというものは、この間一顧もされなかった。警察が管理する検問体制に守られた大学執行部は、大学人としての理性も知性もかなぐり捨てて、「筑波移転」の「正式決定」に強権的に突き進んだ。どの学部の学生もそれぞれの立場で「筑波移転」や「誓約書」に直面して、程度の差はあれ自分の中の正義や良心と向きあった。当時の生々しい記憶が鮮やかに蘇ってきた。

俊之にとって「誓約書」を提出し、推進派教官の授業を受けさせてもらって卒業することは、良心に照らして断じてできないことだった。しかしそんな風に思えるということは、背負っている事情がそれほど切羽詰まってはいないということかもしれなかった。数十人の学生が「誓約書」を提出して、推進派の授業再開に応じた。俊之の友人の一人は一家を支えていた父親が脳溢血で倒れてしまった。彼はどうしても四年で卒業して、父親に代わって一家を支えなければならなかった。彼には良心に照らしての行動を取る余地がなかったのだ。彼らの無念はどう表現したらいいのだろうか。「誓約書」の提出に応じた者も応じなかった者も、一様に大学への失望を深めていった。ロックアウト下の授業再開に応じた人数と同じくらいの数の学生たちが、これ以降大学を捨てて消えていった。俊之にはその気持ちもよく理解できた。木村もその中に入っていた。実にさまざまなことがあったのだ。

俊之はさらにノートを読み進めた。しばらくしてある詩に目が留まった。時期としてはずっと後のことで、一年以上にわたった警察管理のロックアウトが解けて、いわば「正常化」されてからのものだった。詩の出来としてはすぐれているわけではないが、どうやら学園祭のときのものらしい。当時のことを思い出して、俊之はつい涙ぐみそうになってしまった。

「正常化」後の学内ではあらゆる集会と立て看板が禁止された。違反と見なされるとすぐに機動隊が出動してきて、抗議する学生を手当たり次第に逮捕していった。彼らは何日も留置場に閉じこめられた。大学執行部は学内のあらゆる反抗の芽を、文字通り根絶やしにしようとしていた。しかも前年度の入試中止のせいで、この年東京教育大には二年生が一人もいなかった。新入生はいたが、彼らがくぐり抜けてきた入試は、機動隊の警備とものものしい検問体制の中でのものだった。そのせいか新入生は期待と夢に胸を膨らませているというよりは、騒動に巻き込まれまいとする警戒と猜疑の目を感じさせる方が多かった。押しつけられた入試中止とロックアウトは、いびつな学年構成と重苦しい雰囲気を作り出してしまっていた。大学は鉛のような空気に覆われていて、学生は猫背気味に下を向いて歩いているように俊之には見えた。こうした大学を覆う空気に、俊之は清爽な風を吹きこみたかったのだった。やがて自作の詩をビラにして校門で配ったことが、遠いかすかな記憶のかなたから立ちのぼってきた。
「東京教育大学にあざみが咲いた」とある。

またもう一度選ぶなら
この大学をわたしは選ぶ
本館前の芝生の中で
もはや学生は輪になって集わない
占春園《せんしゅんえん》の池のほとりで
もはや学生はギターを持って歌わない
それでも日本のやさしい春は
その襞《ひだ》の中に育んだ
あざみのけなげな一本を

校門脇のコンクリートの狭間に
わずかな土を見つけて置いていった
もしもう一度選ぶなら
この大学をわたしは選ぶ

ビラにして配ったのがこの詩だったかどうかは、今となってはわからない。他のページにはもっと戦闘的なタッチの詩が書いてあって、そちらの方がビラにはふさわしいようにも思えた。しかしこの時、俊之は久しく忘れていた遠い声を聞いたように思った。俊之は「またもう一度選ぶなら　この大学をわたしは選ぶ」と宣言していた。当時の状況を思い起こしながら、俊之はそのことに感動していた。それは俊之だけの思いではなくて、昨夜集まっていた全員に今も共通する気概のようなものだった。

昨夜は木村とゆっくり話す機会はなかった。木村は穏やかな笑みを浮かべて、終始ひっそりと座っていたような印象だった。木村とは席が遠かったので話せなかったが、隣り合っていれば二人に話すことはたくさんあるはずだった。このとき近況も含めてどうしてもっと話し合わなかったのだろう。

3

東京教育大学は「筑波移転」を強行しようとする大学執行部によって、一九六九年の二月二十八日にロックアウトされた。めずらしいほどの大雪の日だった。その日俊之はあまりの眩しさにたまらず目覚めた。目を開けるといきなり光が爆発した。驚いて起きあがると、枕のすぐ右横にピラミッド型に雪が積もっている。窓から入る朝の光を反射して、雪は閃光を放っていた。しばらくの間俊之は何が起きたのかわからなかったが、徐々に意識は覚醒していった。立て付けの悪い窓の隙間から、昨夜来の雪が吹き込んで積もったに違いない。窓の真下に近い布団の上に雪は積もっていた。まだ融け始めている様子は見られなかったから、室温は外気とそれほど変わらないのだろう。俊之は顔の正面十センチほどの至近距離で、雪と向き合って寝ていたことになる。驚きが収まると俊之はおかしくなってきた。布団の上に積もった雪がまぶしくて目覚めるという経験は、誰もができるわけではない。惜しいような気はしたが、ぐずぐずしていると雪が融けだして布団が濡れてしまう。積もった雪を掬《すく》うと、両手に余るほどの量だった。窓からから捨てようとガラス戸を引くと、立てこんだ家々の屋根の雪が、折からの朝日に光っていた。時刻はまだ七時くらいで起きるには早すぎる。予定はサークルの仕事で午後から早稲田に行って、五時までに築地の家庭教師のアルバイトに回ればよかった。その後もしもの場合に備えて、アパートには帰らずに大学に泊まりこむつもりだった。このところ連日緊張を強いられる事態が進行していた。「全学闘」による「本館封鎖」の解除を口実にして、大学執行部は機動隊を導入しようと画策していたのである。俊之は寝溜めのつもりで、もう一度寝直すことにした。

俊之は三年になって寮を出て、新宿にアパートを借りていた。最寄り駅は山手線の新大久保で、歩いて十分ほどの静かな住宅地にあった。古い木造の二階建てで、一階は物置になっていて、ビール瓶のケースが雑然と積み上げられていた。俊之の部屋は二階の屋根裏部屋のような四畳半だったが、先輩の紹介でさらに格安だったのである。寮生活も面白かったが、一人で住むことは俊之の夢だった。誰にも覗かれることなく、好きなときに詩の文句を書きつけたり、読書にふけったりできるのだったから。大家は隣で久保田酒店を営んでいた。

「和田さーん、いる?」

俊之を呼ぶ声で二度寝の目が覚めた。久保田夫人の声である。店から出てきて隣のアパートの二階に住む俊之を呼んでいる。

「はーい、なんですか」

俊之は答えながら、部屋の中に雪が積もっていたことを言おうか、どうしようか迷っていた。二階の廊下の窓から顔を覗かせると、夫人が店の前の小路で背伸びしながら手を振った。

「今日は大雪よ、大丈夫？　あったかい格好して降りといで。ご飯が用意してあるよ。即席ラーメンが新発売で安くきたから、まとめて箱ごと買っときな。いい若いもんがいつまでも寝てちゃだめだよ」

夫人は言い終わると、寒そうに背中を丸めて小走りに店に入った。小路の向こうは公園になっている。フェンスの金網に吹き付けられた雪がきらきら光っている。公園の芝生や砂場も一面に白く埋まっていた。部屋に戻って時計を見ると、もう十時をすこし回っていた。

同世代の息子を持っているせいだろうか、久保田夫妻は何かと俊之のことを可愛がってくれた。店先を通って外出する俊之を目撃すると、夫人は決まって声をかけてくれる。

「和田さん、今日はご飯食べたの？」

「まだですけど」

「じゃあ、たいしたものはないけど、入って食べて行きな」

奥さんはそう言って、店の奥のテーブルにおかずとどんぶり飯を置いていってくれる。ときには主人の食事とぶつかることもあったが、主人の方が俊之に気を使ってお代わりをよそってくれたりした。新発売の即席ラーメンが宣伝価格で出たときは、格安の卸値で一箱分を俊之のために取っておいてくれた。これほど親切な大家は他にはいないだろう。しかも家賃を溜めても、あるときでいいといって催促されることもなかったのである。久保田夫妻はこれまで大勢の人たちに受けてきた恩を、今度は自分たちが息子を含めた若い人たちに返す番だと思っているようだった。

「お金はいつでもいいわよ。さっさと持って行きなさい」

夫人は俊之が食事を食べ終わるのを待って、即席ラーメンの箱をテーブルに置いた。俊之の懐具合はとうに見透かされていた。

「すみません。今日バイトのお金が入りますから」

「いいわよ、いつでも。お金が入ったら、宮崎のご両親に電話ぐらいしてやんなさいよ」

俊之が今年の正月に帰郷しなかったことも、夫人の心配の種になっているようだった。

「いらっしゃい」

客がきて、夫人は店に出て行った。

部屋の中に雪が積もっていたことは、夫人には黙っておこうと俊之は思った。窓は力を入れてしっかり閉めておきさえすれば、今後雪が吹きこむことはないはずだった。俊之は即席ラーメンの箱を抱いて、ひとまずアパートに帰った。

俊之は家庭教師のアルバイトが終わると、予定通り泊まりこむつもりで大学に向かった。しかし地下鉄茗荷谷駅の改札を出たところで、知り合いの東教大生に大学がすでにロックアウトされたことを知らされた。ジュラルミンの楯を構えた千人の機動隊員に、大学は文字通り埋め尽くされたということだった。大学内にいた学生たちはいったいどうしたのだろう。「封鎖」と関係のないすべての研究室が、警察によって家宅捜索の対象となった。「公務執行妨害」で何人もが逮捕されたという。

俊之は急いで通りを渡って大学に向かった。雪のせいもあるのだろうか、大通りをすこし入っただけで辺りはしーんと静まりかえっている。変わり果てた大学の姿をしっかりと見とどけておきたかった。閉ざされた門扉の脇の守衛所の辺りを裸電球がぼーっと照らしていて、大学はひっそりと息を潜めているようだった。そこに立て札が立っていた。

告

本日より当分の間許可した者を除き本学学生といえども構内への立入りを禁じます。
許可なく立入った場合は処罰されます。

昭和四十四年二月二十八日

東京教育大学

何時間か前には機動隊員に追い立てられて、学生や教職員の悲鳴や怒号が飛び交っていたはずだった。門扉の間から中を覗くと、雪は地面のあらゆる凹凸を塗りつぶしてなだらかなスロープに変えていた。騒動のあらゆる痕跡は、ほの白い闇の底に封じ込められていた。正面に立つ文学部のE館と左手の本館との間の通路の辺りで、ちろちろと灯りが揺れていた。しんと静まりかえった構内に人の声が突然反響して聞こえた。制服の機動隊員の姿がちらっと見えた。二、三人で焚き火をしながら談笑しているようだった。

Ｅ館の建物は立ち塞がるように正面の視野を覆っていて、上に行くにつれて濃密な闇に溶けこんでいた。建物全体をひそやかな狂気が支配していた。この光景を忘れることは一生ないだろうと、俊之は思った。

4

大学がロックアウトされた後は、俊之たちは近くのお茶の水女子大学の学生会館に集まることになった。東教大とお茶の水女子大はどちらも、地下鉄茗荷谷駅前を走る春日通り沿いに位置していた。大きく言えば通りを挟んではす向かいという位置関係で、歩いて五、六分の距離にある。それで自治会や各種のサークルも互いに行き来する友好的な関係にあった。必然的に自治会の会議やクラス討論に使う場所は、お茶の水女子大の学生会館か駅横の喫茶店ということになった。

ロックアウトから四日が過ぎていた。二月の末に降った大雪が残っているところに、昨日もまた雪が降ったので歩道はぬかるんでいて、革靴を履いてきた俊之は歩くのに骨が折れた。その日俊之はお茶の水女子大の学生会館で、十時から中国古典学科のクラス討論に参加した。一階のホールはまるで東教大生が占拠したような状態だった。事情を知らないお茶大生はホールに足を踏み入れた途端、ぎょっとした様子で辺りを見回したりしている。やがてホールには知っている顔がいないことを見極めて、二階への階段を上っていく。二階には小集会室や和室が並んでいて、彼女たちはもっぱらこちらを利用しているようだった。俊之たち中国古典学科は、長椅子とテーブルを五人で占拠していた。他には文学部自治会の再建を目指す民主化行動委員会のメンバーが数人で会議をしていたが、その中には赤嶺の顔も見えていた。自治会が事実上崩壊している中で、彼らが文学部の行動に責任を負っていた。朝はまだ早いのだが、他には国文や東洋史の学生がそれぞれ集まって話し合いを始めていた。二宮と木村は所属しているサークルが同じで、先ほどから窓際のテーブルでお茶大生を交えて雑談している。

中国古典学科のクラス討論には島内と俊之の他に、今日も四年生の竹森が加わっていた。ロックアウト以来連日竹森は参加していた。別に何か意見を言うわけではないのだが、ずっと最後まで参加していた。以前の竹森は、今回のような「政治的な話題」のクラス討論にわざわざ出席することは皆無だった。いつも鍵束のようなものを右手でじゃらじゃらと弄んでいる。話し合いに口を出すときは、ぶちこわすような発言をすることが多かった。いかにも神経質そうに口をすぼめて、肩と頭を小刻みに揺すりながら話す。だから何か不必要に挑戦的な態度に見えて、あまり真面目にものを考えて喋っているようには見えない。しかしこの数日はちょっと違っていた。いつもの貧乏揺すりのような手足の動きは陰を潜めて、おだやかな表情で終始黙ってみんなの話を聞いていた。

二年前俊之が住んでいた大学の寮で、「各部屋にストーブを！」と訴えて署名運動を起こしたことがある。俊之が一年のときだった。故郷の宮崎から東京に出てきて、はじめて出会った寮の先輩たちは、おしなべて親切で下級生に威張るなどということは決してなかった。他の大学の寮では、下級生は上級生のどんな理不尽な命令にも服従しなければならないと聞いていた。だから入寮当初俊之は信じられないような思いで、注意深く寮の上級生を観察していた。しかし一年生だからといって不当な扱いを受けることはまったくなかった。それは寮全体を覆う気風のようなもので、これを民主的というのだと、俊之はわずか一ヵ月余りで納得したのだった。俊之は瞬く間に寮生活に順応していった。だから俊之は寮生大会で「各部屋にストーブを！」の署名運動を起こすことが決議されたときは、張り切って署名用紙を持って大学に通った。俊之が新入生ということもあったのだろうか、中国古典学科の先輩たちはみんな快く応じてくれた。俊之は誰もが気持ちよく署名してくれるものとばかり思っていた。しかし俊之の求めに対して、当時二年生だった竹森はイライラした様子を隠さなかった。

「ねえ、お宅らおかしんじゃない？　僕たち下宿生はストーブなんか、みんな自分のお金で買ってるよ」

鍵束をじゃらじゃらさせながら、公然と俊之を非難した。寮生の身勝手な要求と運動には、前々から腹に据えかねていたというような竹森の調子だった。俊之はぎょっとして立ちすくんだ。面と向かってこんなことを言う先輩がいるということに衝撃を受けていた。俊之は調子に乗りすぎていたのだろう。下宿生の竹森の立場からすれば当たり前の感情かもしれなかった。しかしこれに対抗する論理を俊之は用意していなかった。俊之は突っ立ったまま固まってしまった。竹森の目に、俊之は厚かましい男、さもしい男として映っているのだった。俊之の頭の中は真っ白になって、ひたすら恥ずかしいという思いに堪えていた。自分の未熟さを思い知らされていた。自分が下宿生で寮生を支援する立場だったら、こんな思いをしなくても済んだのにと思ったりした。同じ寮生で自治会の委員長をしている島内だったら、こんなときどういう反論をするのだろう。何も反論できずにうなだれる俊之を、そこに居合わせたみんなが痛ましそうな表情をして見ていた。同情されていると知って、俊之はいっそういたたまれなくなって学科の控え室を出たのだった。それ以来俊之にとって、竹森は敬遠したい先輩の一人になっていた。

竹森は普段はクラス討論というだけで迷惑がって、こんな集まりにこれまで顔を見せたことはなかった。卒業したら故郷の岡崎に帰って、高校の教師になるという路線をかたくなに守って、それ以外のことには一切関わらないというスタンスを通していた。「筑波移転」について中国古典学科の教官は真っ二つに割れていて、教室会議では互いの間に怒号が飛びかい、激しい剣幕で渡り合ってどちらも一歩も引かなかった。教室会議は教官、院生、学部生という、教室のすべての構成員が参加しておこなう会議だった。いつもは温厚な教授たちがいきなり怒鳴り合う姿を見たとき、人はこんなに憎しみあえるのかと俊之は驚いた。全学的には移転推進派が多数なのに文学部では反対派が多数だったので、推進派の教官は何かにつけて苛立っているという印象があった。したがって指導教官が推進派の場合、学生が筑波反対の旗幟《きし》を鮮明にするにはよほどの覚悟と学問的実力が必要だった。うっかり不用意な動きをして目立ってしまうと、その後の進学と就職に重大な影響が出るおそれがあったのである。それでも竹森は、今回のロックアウトがよほど腹に据えかねたらしい。竹森はこれまでのいきさつからして、俊之たちとは明確に一線を画してきた。だから竹森はどうやって仲間に入ったらいいのか、わからなかったのかもしれない。このところ三日連続して、差し入れと称して握り飯を持ってきた。下宿のおばさんに特別に頼んで作ってもらってくるらしかった。自分で作るわけではないというところが、いかにもサラリーマンの家庭で大事に育てられた竹森らしかった。

「すみません、いただきます」

俊之が手を出すと、竹森は持参した魔法瓶から茶まで淹れてくれた。

「ずいぶんサービスがいいね。ありがたいなあ」

横にいた四年の島内も握り飯に手を出してきた。島内は文学部自治会の委員長を歴任してきていて、その大柄な体つきは、それだけで俊之などには安心感を与えてくれる。むしゃむしゃと握り飯を平らげる島内を見て、竹森はいかにもうれしそうだった。いったい何が竹森を動かしたのだろうか。

「竹森さん、民青は嫌いですよね。ここに集まってるのは、ほとんど民青ですよ。大丈夫ですか」

俊之が周りを見回しながら言った。中国古典学科は文学部の中ではいくらか特殊な教室で、民青以外の政治セクトに所属している者は一人もいなかった。その意味では民青の牙城といってもいい教室だった。

「でも、民青が一番ちゃんとしてるから」

竹森の専門は中国思想関係で、その多くが推進派の教官の専門だった。だからあまり民青に近づくのは、竹森にとって得策とはいえないはずだった。竹森は急に真顔になって、

「本当は僕は筑波なんかどうでもいいんだ。別に筑波に行ったっていいんじゃない？そう思ってるよ。でもね、ロックアウトはまずいよ。だって僕たちが自分の大学に入れないんだよ。僕は高校の教師になるつもりだからね。いくらなんでもこんなのを認めておいて、教壇には立てないでしょ？」

俊之はすこし感動していた。竹森は単純にロックアウトに対して怒っていた。竹森がそうである以上今この瞬間、東教大生は全員がロックアウトに怒っているといってよかった。

「竹森さんも、民青に入ったらどうですか。歓迎しますよ」

俊之が笑いながら言うと、

「いやあ、勘弁してよ。僕には無理だよ」

竹森が笑い返した。色白の小さい顔がほんのりと紅くなっていた。

「そうだよ。大歓迎するぞ」

横から島内が、竹森の肩をがしっとつかんだ。

「いいです。遠慮しときます」

竹森はあわてて笑いながら言ったが、民青に誘われてまんざらでもないという様子にも見えた。

「竹森さんも民青に入ればいいのに。あ、いいなあ、僕も食べていい？」

サークルの用事はもう終わったのだろうか、二宮がかん高い声で割って入ってきて、ついでに握り飯に手を出した。俊之は島内と顔を見合わせて吹きだしそうになった。二宮自身は決して民青に入ろうとしないのに、本人は民青のつもりで平気で他人を民青に勧誘するのである。二宮は日本史を専攻していた。日本史学科は「全学闘」の牙城だったから、クラスでは緊張を強いられる険悪な事情を抱えていたはずである。

そのとき、赤嶺が木村と一緒に、わら半紙とマジックインキを手にして近づいてきた。

「ロックアウトに抗議する集会のビラを作りたいんだけどさあ、手伝ってくれない？これを手本にしてよ。あ、これ食べていいですか」

俊之たちの長椅子に座りながら、最後に残った握り飯に赤嶺が手を伸ばした。赤嶺は民主化行動委員会の中心になって、このところ連日学生会館に詰めていた。

「どうぞ、食べて。僕もビラ作り手伝うよ」

「あ、いいなあ。僕の分はもうないんですか」

木村が言うと、竹森は急いで魔法瓶の茶を注ぎながら、

「ごめん、明日はもっとたくさん持ってくるよ。今日はお茶で我慢してよ」

竹森は木村に湯飲みを渡すと、マジックを手にビラを書き始めた。木村と二宮は所属していたサークルの会議もここでやっていたから、ここはまるで彼らの生活の根城のようなものになりつつあった。学生会館の中でお茶大生は、自分の大学なのに遠慮がちに見えた。

「和田、お前を振った奴はここにはいないのか」

赤嶺が周りのお茶大生を見回しながら、俊之に向かって言った。

「やめろよ、その話は。ここにはいないよ」

俊之はあわてて赤嶺を抑えにかかった。こんなところでする話ではない。

「何、和田、また振られたのか。誰に振られたんだ?」

島内が口を挟んできた。

「いや、なんでもないです。またって、なんですか。みろ、お前が余計なことを言うから」

「お茶大生で、和田を振った奴がいるらしいんですよ」

数えるほどしかいないお茶大生を見回しながら、赤嶺がまだこだわっている。

「おお、そりゃ大変だ」

島内がいっそう興味を示してきた。俊之はうんざりした。ようやく今は立ち直りかけているところなのだ。俊之はこれ以上心の中をかき回されたくなかった。

「ほら、ビラを作るんだろ。ちゃんと書こうぜ」

俊之は取り合わずにビラを書き始めた。俊之が乗ってこないので、赤嶺もようやくあきらめたようだった。しばらくの間みんなでビラを書き続けた。中でも竹森はみんなの三倍くらいの時間をかけて、丁寧に書いていた。

「ビラ、書き終わったらどうすんの?」

俊之が赤嶺に訊くと、

「お茶大から茗荷谷まで、通りの電柱に貼りたいんだよね」

「じゃ、早いほうがいいな。誰かこのビラを茗荷谷までの電柱に、片っ端から貼ってきてくんないかなあ」

島内が引き受けて、書き終えた抗議集会の告知ビラを頭の上にかざして、ホール中に見えるように振った。ついでにいかにも肩が凝ったという様子で首をひねった。

「僕は用事があるんでこれで帰りますけど、ついでに貼っていきますよ。竹森さん、一緒にどうですか」

俊之が竹森を見ると、俊之を見返した竹森の目は迷っていた。

「うーん、僕はいいよ。そんなにしっかりした考えは持ってないし」

一瞬政治的な立場を鮮明にすることへの不安がよぎったのかもしれなかった。煮え切らない様子の竹森を見て、木村が行くことになった。木村は俊之と同じ三年生で、比較言語学を専攻していた。

木村が糊の入ったバケツと刷毛を持ち、俊之はバッグを肩にかけてビラの束を受け持った。俊之はこの後所属しているサークルの用事で早稲田に回って、その後築地の家庭教師のバイトに回る予定だった。家庭教師は築地の仲買人の一人息子で、忙しくなった島内の後釜として紹介されて一年のときからずっと続けている。大学構内の雪は、表の通りよりもずっと深かった。

木村は寮に住んでいて、着るものにはまるで頓着しない。三年になった今も普段はよれよれの学生服を着ている。新入生の中にはときどき学生服を着てくる者がいるが、三年になっても学生服を着てくるのは全学で木村ぐらいだった。貧しい農村の秀才という雰囲気を全身に漂わせている。しかしさすがに雪が残っている今日は寒かったのだろう、防寒のジャンパーを着込んで、ゴム長を履いていた。それにしても木村は小柄で、ジャンパーとゴム長の方に圧倒的な存在感があった。木村のジャンパーは上半身をすっぽり覆って、膝上に迫っていたし、ゴム長が膝までを保護していた。俊之はゴム長の木村の後に付いて、慎重にその踏み跡を選んで歩いたが、それでもしばらくすると冷たい水が革靴に染みてきた。

「和田君は解放されてるんだね。自分が振られた話を、みんなの前でできるんだねえ」

後ろに続く俊之をちょっと振り向いて、唐突に木村が言った。

「え？　振られたことじゃなくて、そっちが気になる？」

笑いながら俊之が言うと、

「僕にはできないなあ」

木村の表情は見えなかったが、足下はしっかりと雪を踏んで歩いていた。木村は、俊之が自分の失恋をみんなの前で公開したことに感心しているようだった。俊之は思いがけない角度から褒められて、くすぐったい気持ちになった。ことによったら木村も恋をしているのかもしれなかった。おそらく木村は心に秘めているだけで、相手にも悟られないように日々を過ごしているのだろう。その切ない思いをこんな形で、俊之に垣間見せたのかもしれなかった。木村のサークルはお茶大生と一緒に活動しているから、相手はお茶大生に違いなかった。

5

俊之と木村は女子大正門のすぐ横の電柱から、茗荷谷の駅に向かって一本一本丁寧にビラを貼り始めた。竹森の書いたビラの字は見事だった。小さいときから習字を習ってきたような、丁寧で実にうまい字だった。茗荷谷の駅までの電柱には、大小さまざまなビラが貼られている。茗荷谷の駅が近づくにつれて、貼られている商店会のビラの数が増えてきた。これらを避けながら隙間を見つけて貼っていった。行き帰りに目に入るように、電柱一本につき二枚ずつ貼った。このビラを見て、抗議集会に参加してくる学生はどのくらいいるだろう。

「これからバイト？」

と木村が訊いた。

「うん、いったん早稲田に回って、それから築地で家庭教師」

右手に刷毛を持って電柱に糊を塗る木村の横で、俊之はすばやくビラを押さえて皺ができないように丁寧に伸ばした。

「ふーん、僕はこの後お茶大でサークルの会議がある」

木村はまた大学に戻るようだった。このところの木村の活躍は目を見張るほどだった。ロックアウトの前もバイトのとき以外は連日民主化行動委員会に詰めていたし、今日も朝早くから学生会館に陣取っていた。頭頂の辺りはわずかに薄くなってきているが、本人はまるで気にしていない。バケツの糊を刷毛ですくって塗ると、ビラを広げて待っている俊之の脇をすっと屈んで抜けていく。そのとき木村の頭を真上から見る形になるのである。木村の恋が成就すればいいのにと、俊之は思った。

ビラを貼りながら、茗荷谷の駅までやってきた。角に化粧品店があって、右に折れる小路には天ぷら屋や喫茶店が軒を並べている。その向かいに地下鉄茗荷谷駅の改札口が開けている。改札口の正面の歩道に最後の電柱があった。駅前だけにびっしりとビラが貼ってあった。これが最後の電柱になるので、木村は念入りにビラの位置を選んでいた。「貸間あり」のビラが何枚も貼ってある。「化粧品大売り出し」のビラは、目の前の化粧品屋のものだろう。木村はすでに時期外れになっている拓殖大学の学園祭のビラを選んだようだった。木村がたっぷりと糊を塗った。

その上に俊之がビラを重ねた瞬間だった。いきなり俊之の肩を押さえたものがあった。振り向くと背広を着た男が、俊之の肩をつかんだまま俊之をじっと見ていた。他に二人いて、一人は木村の背後に回った。俊之は怪訝な表情をしていたかもしれない。

「軽犯罪法違反で逮捕する」

男の言葉を聞いても、俊之は言われている意味がよくわからなかった。

――電柱にはこんなにたくさんビラが貼ってあるじゃないか――

これが最初の俊之の反応だった。東教大は大塚署の管轄だった。ロックアウトの直後なので、大塚署の刑事が学生の反応と行動を監視していたのだろう。俊之と木村は彼らの目前にのこのこと出ていったことになる。

「すみませんでした。貼っちゃいけないって知らなかったもんですから」

木村が手を伸ばして、貼ったばかりのビラを剝いだ。動転しているだけの俊之に比べれば、木村の対応はすばやくて見事だった。

「証拠物件として、これは押収する」

木村の背後に回っていた男が、ビラを取り上げて木村の腕をつかんだ。このときになって俊之は事態を急速に理解した。俊之はとっさに電柱にしがみついた。木村も刑事の手を振り払って、向こう側から電柱に取りついてきた。このままでは引き剝がされて逮捕されてしまう。俊之も大きい方ではないし、木村はさらに小柄だった。俊之は駅前の電柱にしっかりとしがみついて、大声を張り上げた。

「茗荷谷駅頭のみなさん、大塚署による不当逮捕でーす」

「文京区民のみなさん、大塚署による不当逮捕でーす」

木村が続いた。俊之たちの声に驚いて、すぐ横の化粧品店の中から人が出てきた。逮捕を免れるためには、もっと大勢の人が集まる必要がある。動転しながらも俊之は冷静に判断していた。木村もしっかりした声で訴えていた。木村の顔は電柱を挟んで俊之の反対側にあるので表情は見えなかったが、ちょうど俊之の顎の下に回された木村の腕は硬く引き締まっていた。三人の私服の刑事は、公衆の面前で学生を殴りつけるわけにはいかなかったのだろう。必死にしがみついている二人をなかなか電柱から引き剝がせなかった。

そのうちに地下鉄の電車が到着したらしく乗客が降りてきた。すると改札を出たところで繰り広げられている騒動に反応する学生が現れた。東教大の茗荷谷キャンパスは比較的小さいので、顔ぐらいはお互いに見覚えがある。

「何をしてるんだ！　不当逮捕をやめろ」

だんだんと電柱の周りに人垣ができてきた。駅前のちょっとした空間が騒然としてきて、不穏な空気を孕《はら》んできた。俊之のそばの私服刑事がトランシーバーを手にして、緊迫した様子で話しだした。木村も電柱の向こう側で必死に叫んでいる。

「茗荷谷駅前のみなさん、大塚署による不当逮捕でーす」

「僕たちは東京教育大生です、大塚署が不当に逮捕しようとしていまーす」

すこし余裕が出てきて周囲を見回すと、抗議する学生の数が七、八人に増えている。その外側に一般の人たちも立ち止まって遠巻きに見ていた。人の輪はもっと大きくなりそうだった。ひょっとしたらこのまま無事にすむかもしれないと思って、俊之はいっそう大声を張り上げた。

さっきの刑事はトランシーバーでこれを呼んでいたのだろうか、大学の構内に待機していた装甲バスが、いきなり俊之たちの前に横付けになった。普段は機動隊員を運ぶための特別仕様のバスであるが、すぐ目の前に止まると圧倒的な威圧感があった。全体がくすんだ灰緑色に塗られていて、小さな窓には投石防止用の金網が張ってある。中から機動隊員が五、六人駆け降りてきた。紺色の乱闘服に底の厚い革製の長靴を履いている。機動隊員は無言のまま近づくと、いきなり俊之の背中を長靴で蹴った。一瞬息が止まるほどの衝撃だった。彼らは容赦がなかった。俊之と木村は簡単に電柱から剝がされてしまった。

「おらおら、さっさと歩け」

機動隊員は後ろから俊之たちを追い立てて、装甲バスに蹴りあげた。俊之たちが乗りこむとバスはすぐに発進した。この間ほとんど一瞬の出来事で、抗議の学生たちもあっけにとられたようだった。俊之はバスの後部座席に連れて行かれて、持ち物をすべて取り上げられた。木村は前部に座らされていた。このままバイトに行くつもりだった俊之は、持ち物をすべてバッグに詰めていたし、定期入れには顔写真付きの身分証明書も入っていた。俊之を窓際に押しつけるように座った刑事は、これらのすべてを手早く確認していた。バスが大学構内に入ると、俊之たちは急いでパトカーに乗り換えさせられた。「学生が騒ぐから」という刑事の言葉が俊之の耳に届いてきた。門扉の外に見知った学生の顔を俊之は見つけたが、加速して走り去るパトカーの中の俊之には気づかないようだった。木村は別のパトカーに乗せられていた。木村とは完全に切り離されていた。

パトカーは春日通りに出ると右折して、お茶の水女子大の手前の静かな坂道を左折して音羽通りの信号で止まった。大塚署が目の前にあった。やがてそのまま通りを渡って地下の駐車場に入った。俊之は自分の身に起きていることに、理解がまだ追いついていないようだった。機動隊員に蹴られた背中の痛みが蘇ってきて、理不尽な目に遭っているという思いだけが覚醒していた。

パトカーを降りると、迎えた警官に腕をとられて案内された。気がつくと写真を撮られていた。そこは写真を撮る狭い部屋だった。正面と左右の角度からの三枚である。犯罪者の顔写真は大抵この三点セットで示される。次の部屋に連れて行かれると、矢継ぎ早に両手の指紋を採られた。俊之はよっぽど動転していたのだろう、指紋と顔写真とどっちが先だったか、後から思い起こそうとしてもわからなかった。買ったばかりの防寒用のジャンパーの裾に通してある紐を抜かれたときも、いつのことか覚えていない。おそらくは指紋の採取と顔写真の撮影の後、留置場に連れて行かれる直前だったのだろう。

左手のドアの横に机を置いて、制服の警官が座っている。俊之を迎えて彼が開けたドアの内部は留置場で、通路の両側に部屋がいくつも続いていた。警官に連れられて左側の二つめの部屋に俊之は入った。鉄格子の下部に腰を折ってやっと入れるほどの小さな扉がある。右手の壁に背中をあずけて、七、八人くらいが座っていた。一番手前の通路側に二十歳前後の若い男が漫画雑誌を手にして座っていて、腰をかがめて入ってくる俊之を見ていた。入りきった後で呆然と突っ立っていたせいだろうか、俊之はいきなりその若い男に怒鳴られた。

「おい、全学連!」

「僕ですか」

後から考えると、ずいぶん間の抜けた応答である。

「そうだよ、この野郎! てめえは、挨拶の仕方も知らねえのか」

こんなときに、こんなところでする挨拶というものを、俊之はとっさに思いつくことができなかった。男を見下ろしながら、

「どう言ったらいいんですか」

俊之は立ったまま訊いた。これ以外に言葉が思いつかなかったのである。若い男は俊之を見あげて、また怒鳴った。

「よろしくお願いしますとか、なんとか言え、ばか野郎」

男の反応を見て、俊之はすこし落ち着きが戻ってきた。

「よろしくお願いします」

俊之が言うと、

「よーし、これ持ってけ」

男はきちんと折りたたまれた毛布を渡してくれた。案外人はいいのかもしれない。彼がこの部屋の毛布を管理しているようだった。俊之は毛布を抱えて、一番奥の壁際に歩いて行った。入り口から奥に向かって八人が並んで座っていた。入った順に並んでいるのだろう、奥の壁際に二人分くらいのスペースが残されていた。定員は十人ということなのだろうか。隣の男は俊之よりは年上だが、まだ三十歳には届いていないように見えた。暗い表情でコンクリートの床を見つめたまま、俊之には何の関心も示さなかった。その向こうには白髪の老人が座っていた。こちらはもう六十を超えているかもしれなかった。彼らはいったい何をしてここに入ってきたのだろう。

俊之はどっと疲れが出てきたように思った。渡された毛布を敷いて、その上にごろんと横になった。すると、途端に例の若い男に怒鳴られた。

「おい、全学連！　寝るな、この野郎。看守に見つかったら毛布を取られるぞ」

見ると、全員が毛布を腰に巻いて、コンクリートの床から襲ってくる寒気を防いでいた。俊之は起きあがって、みんなと同じように入念に毛布を腰に巻いて座った。どうもあの若い男がこの部屋を仕切っているようだった。一番古いということなのかもしれない。

昨日降って積もった雪が、外にはまだ融けずに残っている。しばらくすると、尻と腰がしんしんと冷えてきた。みんなはこの寒さによく耐えていると俊之は思った。俊之にわずかに遅れて、木村は隣の部屋に入ったようだった。姿は見えなかったが、気配でそれと知れた。するとさっきの若い男が、いきなり壁越しに隣の部屋に話しかけた。

「おーい、そっちに入ってきた奴の様子はどうだ？」

「こっちの奴は生意気だぜ。今晩たっぷり可愛がってやるぜ」

向こうで若い声が応じた。隣にも同じように、部屋を仕切っている若い男がいるようだった。しかも彼らは俊之たちが何者で、どんなことをして入ってきたのかというようなことを、すべて知っている。それにしても木村がどうして生意気に見えるのだろう。

身体が小さくて、むしろ貧相にさえ見える木村の示す生意気な様子というものが、俊之には想像できなかった。怒鳴り声は聞こえなかったから、隣では挨拶は強要されなかったようだった。今日の理不尽な逮捕に対する憤りが、木村を生意気に見せているのだろうか。それとも動転して周囲を見る余裕がないことが、見方によっては生意気に見えるのだろうか。今夜小柄な木村のいたぶられる様子が想像されて、俊之はいたたまれない思いでいっぱいになった。

「おーい、そっちの奴はどうだ？」

いきなり隣の男が訊いてきた。俊之はぎょっとした。自分は彼らにどう見えているのだろう。不安が一挙に俊之の心臓を打った。

「こっちの奴は可愛いぜ。今晩たっぷり可愛がってやるぜ」

若い男が俊之の方を見て、にやにや笑いながら言った。明らかに俊之たちをからかっているのだ。彼らはこうやって俊之たちの反応を楽しんでいるのかもしれない。そうは思いながらも、若い男に襲われる自分の姿が浮かんできたりした。じわじわと不安が俊之を締めつけてくるようだった。こんなところから早く外に出たいと痛切に思った。隣に座っている男はこのやりとりが聞こえているのかいないのか、身じろぎもせずに床の一点を見ていた。彼は俊之などが想像もできないような、暗澹たる未来を見つめているのかもしれなかった。

　突然、ガタンとドアが開く音がして、何人かが通路に入ってきた。

「おい全学連、取り調べだぞ」

　部屋を仕切っている若い男が、看守の声を待たずに俊之の方を向いて言った。彼らは留置場における段取りが、すっかり頭に入っているということだろうか。遅れて看守が房の中を覗きこむようにして、俊之に声をかけた。

「おい、大塚二百三十五号、出なさい」

「大塚二百三十五号」が、ここでの俊之の呼び名らしかった。それなら木村は二百三十四号か二百三十六号ということか。

6

　俊之の取り調べは二階の大部屋で行われた。木造板張りの広い部屋には、学校の職員室のようにたくさんの机が並んでいた。それぞれの机の上は本や書類や灰皿で雑然としていたが、みんな出払っているのかその刑事以外は誰もいなかった。ほぼ完璧な丸顔でがっちりした体躯の刑事が、俊之のバッグから勝手にノートを取り出して読んでいた。バイトに行くつもりだったので、俊之が普段持ち歩くものはすべてバッグに入っていた。ノートは「英雄の息吹を吸おう！」と題した俊之の創作ノートだった。一ページ目から失恋した女性への思いが綴ってある。それ以外にもときどきの思いを詩や文章にして書き付けてある。これまで誰にも見せたことのない秘密のノートだった。刑事は俊之の心に土足で踏み込んでいた。刑事は通路に丸椅子を置いて、座るように顎で示した。刑事が俊之に向き直ると、覆い被さってくるような身体が威圧感を増した。この刑事は俊之を甘っちょろい失恋男と舐めているかもしれない。これ以上舐められるわけにはいかなかった。俊之は不安に押しつぶされそうな心の内を、見破られないようにしようと幾分肩を張って身構えていた。

「君はね、軽犯罪法違反で逮捕されたんだよね。軽犯罪法違反の場合は住所と名前さえ言えば、釈放することになってる。いいね、ところで君の名前と住所は？」

刑事は、俊之の創作ノートと学生証を弄《もてあそ》びながら言うと、そのときにはじめて盗むように俊之を見た。こういうときにはどういう態度を取ることが正しいのだろうか。今夜留置場で可愛がられる不安を振り払いながら、俊之は思いをこらした。しかしいい考えはすこしも浮かんでこなかった。とにかく俺は政治犯だ、完全黙秘でいこうと思った。俊之はことさらに反抗的な態度で、むすっとしたまま返事をしなかった。

「君は和田君じゃない？　そっくりだね」

刑事は、大学の身分証明書に貼り付けてある顔写真と、俊之の顔を見比べながら言った。刑事は余裕を持って俊之をなぶりにかかっていた。ほんのすこし無精ひげを生やしたまん丸な刑事の横顔は、汗なのか脂なのか判然としないが、蛍光灯の光にてかてか光っていた。そっぽを向いた俊之の目の先には、通路の真ん中に置かれた石油ストーブがあった。その上に置かれたやかんから静かに湯気が吹き上がっていた。刑事の背後のずっと向こうの窓側に近い通路にも石油ストーブがあって、その上のやかんの湯気を見通すことができた。広い部屋は妙に静かだった。断続的に下の通りから自動車のクラクションの音が響いている。刑事は俊之の視線を追って、喉が渇いていると思ったのかもしれない。

「どうだ、お前も疲れたろう。お茶でも飲むか」

刑事は茶を淹れた湯飲みを差しだした。節くれだった短い指だった。こんなときどういう態度を取るべきなのか、俊之はよくわからなかった。

――お茶の一杯くらい飲んでも、喋らなければ問題ないだろう――

俊之はそう判断して、相変わらずむすっとした顔つきで、湯飲みを受けとって茶を飲んだ。さしておいしい茶ではなかったが、熱い液体が乾いた口を潤して喉の奥に流れていった。しかし次の瞬間食道から胃に落ちていった熱い流れの底から、俊之の想像もしなかった思いが沸いてきた。

――この刑事から「親切」を受けたのに、むすっとした表情で口もきかないというのは、人間として取るべき正しい態度とはいえないのではないか――

いわばそういう思いだった。俊之はうろたえてしまった。俊之は内心の狼狽を気づかれないように努力しながら、飲み終わった湯飲みを返した。俊之は刑事の目を見ないようにに注意した。しかしその一切を、まるで風采の上がらないこの刑事はじっくりと観察していたのだろう。絶妙のタイミングといえた。

「どうだ、一服するか」

刑事はポケットからハイライトの箱を取りだして、俊之に差しだした。虚をつかれたというべきだろうか。

――タバコの一本ぐらい吸ったって、喋らなきゃいいだろう――

俊之はごく自然に手を出して、刑事が差しだしたハイライトの箱から一本を抜き出していた。刑事にマッチで火をつけてもらって、大きく吸って煙を吐きだした。動揺はそれから遅れて俊之を襲ってきた。茶はまだしも警察の備品であろう。しかしハイライトはこの刑事の私物である。「親切」のレベルが一段と上がっていた。そういえばマッチで火をつけてもらうときに、ちょっと頭を下げてしまっていた。

――どうしよう?――

わずかに茶一杯とタバコ一本で、俊之は心理的に追い込まれてしまっていた。なんとか立て直そうとしたが、さっきまでの不快極まるような表情を取り戻すことはもはやできなかった。話しかけられるといくらか刑事に身体を向けるようにさえなっていた。刑事の計画通りにことが進んでしまっている。俊之は自分が一人だということと、しかも役立たずな人間だということを今さらながらに思い知らされていた。俊之は最後の砦は「黙秘」だと思った。刑事が求めている「名前と住所」だけは、黙秘を続けようと俊之は自分に言い聞かせていた。おそらく俊之の内面の葛藤を計画的に作り出しておいて、刑事はじっくりと俊之を観察していたのだろう。

「軽犯罪法違反の場合は乱用を禁止されていてね、名前と住所さえわかれば釈放しなきゃいけないことになってるんだよ。わかるよね。じゃあ、君の名前と住所は？」

刑事は「君」と「お前」を使い分けていた。きちんと申告を求めるときは「君」と言った。馴れあうように俊之の心に踏みこんでくるときは、「お前」と呼びかけた。

「お前の友だちだけどね、さっさと名前と住所を言ってさっき帰ったぞ」

俊之にとっては衝撃的な囁きだった。俊之は嘘だと確信していた。木村は身分を証明するものは何も持っていなかった。ビラ貼りが終わったら、また学生会館に帰るはずだったのだ。身分証明書を取られている俊之よりも、木村の方が早く落ちるわけがない。それにもかかわらず、刑事の言葉は俊之の精神に確実にダメージを負わせた。外界から隔離されているというだけで、これほどまで簡単に人は焦燥と不安に駆られてしまう。俊之には、留置場に戻ってから可愛がられることに対する恐怖が取りついていた。茶とタバコの接待を、うっかり受けてしまったことに対する後悔も引きずっていた。これらの心理の渦の中に木村が釈放されたという情報が投げこまれたのだった。俊之は激しく動揺した。あの部屋で過ごす今夜がたまらなく怖かった。思わず刑事の方を見ると、じっと俊之を見つめている目とぶつかった。自分の投げかけた言葉が引き起こす影響を、舌なめずりして見極めようとする目だった。やっぱり嘘だった。刑事は俊之の動揺を誘っている。俊之は確信を持ってそう思った。しかしそれでも俊之は、すでに知られている名前と住所ぐらいなら、その内に言ってしまいそうな自分に怯えていた。

「君は和田俊之君なんだろう？　さっさと言って帰ったらどうだい。こんなとこ早く出た方がいいよ」

俊之のことを本当に心配して言っているように聞こえるが、刑事の目がそれを裏切っていた。柔らかそうに見える笑顔の中で、射るように鋭い目が俊之を見つめていた。そこまで状況を理解しているのに、俊之は心理的には依然として追い込まれたままだった。

「お前の出身はどこだい？　両親が心配してるぞ」

両親を持ち出したことは、刑事の犯した唯一のミスかもしれなかった。母はともかく父が俊之を非難するはずはなかった。父も戦前留置場に入ったことがある。北九州管内における賭け麻雀の逮捕者第一号として、新聞にも出たことがあるということだった。同房の未決の共産党員に自分の食事をやったら、仲良くしてくれたと言っていた。なんの思想的な背景も持ってはいないが、反権力ということでは父は人後に落ちない。父を思い出したことで、俊之は比較的冷静に刑事を観察できるようになっていた。しかしそれでも名前と住所ぐらいは、何かのきっかけで言ってしまいそうだった。

下の音羽通りをダンプカーでも通ったのだろうか、突然建物全体を揺らすほどの地響きとけたたましいクラクションの音が続いた。刑事が驚いたように背後の窓の方を見て、外の気配に注意する素振りを見せた。振動と騒音の向こうに大勢の人の声のようなものが混じっていた。俊之より一瞬早く刑事の方が気づいたようだった。やがて俊之の耳にもその声は聞こえてきた。はじめ何を言っているのかよくわからなかった声が、突然明瞭になって俊之の耳に届いた。

「不当逮捕を許さないぞ！　学友を返せー」

デモ隊の上げるシュプレヒコールの声だった。俊之たちが逮捕されたという知らせが、お茶の水女子大の学生会館に届いたのだろう。それで学生会館にいた学生たちが抗議デモを組んだのに違いない。島内はもちろん、ことによったら竹森も入っているかもしれなかった。お茶の水女子大の裏口は木々に囲まれた静かな坂道で、そのままうねりながら大塚署の正面玄関に通じている。デモ隊が大塚署の正面を見下ろす坂の上に出てきたとき、シュプレヒコールが俊之の耳にはっきりと届いたのだろう。やがて彼らは交差点を渡って、大塚署の真横の道路脇でシュプレヒコールを繰り返した。俊之のいる部屋の真下だった。下から突き上げる声は、俊之のいる木造二階のだだっ広い部屋に届いて反響した。その時お互いの距離は、直線にしてわずか十数メートルしかなかっただろう。デモ隊の数は、響いてくる声の音量からいって二、三十人くらいと思われた。それは俊之の背骨を鋼鉄の心棒になって貫いた。

「不当逮捕を許さないぞ！　学友を返せー」

ことによったらこのとき俊之は、人生の中で一番凛々しい表情をしていたかもしれなかった。この瞬間、俊之に怖いものは何もなくなった。

――名前も住所も一切喋らないぞ――

幾晩でも留置場で過ごせそうな勇気が、俊之の中にこんこんと湧き出していた。名前と住所を言わなくてよかったとも思った。

「よし、これで終わり」

踏ん切りをつけるように机を叩いて、刑事は起ちあがった。俊之は別人のように立ち直っていた。俊之には大勢の仲間がいた。俊之の中から恐怖心はすっかり消えていた。

留置場に向かう足取りにもそれは表れていた。

「おう、全学連、帰ってきたか。今夜が楽しみだな」

部屋を仕切っている若者が、さっそく声をかけてきた。俊之はさっきより落ちついて聞き流すことができた。俊之の隣の男は相変わらず暗い表情をして座っていた。その向こうの老人もじっと黙っていた。例の若者だけがはしゃいでいた。毛布を尻の下に二重折りにして敷いても、コンクリートの床から寒気は遠慮なく襲ってきた。しかしこの寒さにも負けないような勇気が、俊之の身体の隅々を巡っているようだった。

どれくらい時間が経っただろうか、いきなりガタンとドアが開けられて、通路に看守が入ってきた。

「大塚二百三十五号、出なさい」

看守が小さな鉄格子の潜り戸の錠を開けた。

「おい全学連、釈放だ」

起ちあがった俊之に、例の若者が語りかけた。俊之は半信半疑だった。

——本当だろうか——

言われるままに付いていくと、制服の警官が押収したバッグや定期入れを出してきて、中身を確認するように言った。それから防寒用のジャンパーから抜いた紐を返してよこした。いまさら返してくれても、もう二度と通せるものではない。警官についてドアを抜けると、そこは玄関のロビーにつながっていた。いち早く俊之を見つけた横田がにこっと笑って手を挙げた。横田は俊之の担任で、何かにつけて面倒見のいい若手の教官だった。横にもう一人いたが、俊之には馴染みのない人物だった。彼は終始不機嫌な顔つきでそっぽを向いていたが、どうやら木村の所属する比較言語学科の教官のようだった。二人は俊之たちのために文学部教授会が派遣した身元引受人だった。

俊之が横田に肩を抱かれてしばらく立っていると、ロビーの奥のドアから木村が出てきた。木村はやっぱり先に帰ってなどいなかった。木村がもう一人の人物に頭を下げると、彼は不快そうに頷いてさっさと一人で玄関に向かった。俊之たちが大塚署の正面の入り口を出ると、いきなり通りの騒音が耳を打った。それは釈放された喜びをあらためて運んできた。横田は俊之の肩を抱いてくれていたが、もう一人の教官は、木村にはもちろん横田にも挨拶をしないで、さっさと一人で目の前の横断歩道を渡り始めた。横田とは別行動のようだった。どうやら彼は移転推進派で、彼にとっては不本意な職務だったのだろう。俊之たちが歩道に出ると、高木と二宮が待機していた。二宮は俊之たちを見て、うれしそうに手を挙げた。

「今そこの公園で不当逮捕に抗議する集会をやってるから、二人とも一緒に来てくれない？」

　高木が言った。彼らが先ほどのシュプレヒコールの主なのだろう。彼らのおかげで俊之は、形だけでも黙秘を通すことができたのだ。学生たちが開く抗議集会に横田も参加するようだった。ロックアウトは教官の怒りも買っていた。

「釈放されたからといって安心はできないよ。送検されて起訴されたら、それこそ面倒だからね。これから送検するなという運動が必要になるよ」

　高木が公園に向かう途中、俊之と木村に言い聞かせるように言った。高木は法律・政治学科の三年で、こうした問題の専門家だった。高木自身もロックアウトの当日、「公務執行妨害」で逮捕されていた。このとき高木は東京教育大学における国民救援会の活動を、一手に引き受けて殺人的なスケジュールをこなしていた。大勢の学生が犠牲になっていたのだ。

「なんでもするから言ってくれよ。よろしく」

　高木が自分たちのために闘ってくれることに、俊之は何かもったいないような申し訳ないような気がした。

　雪の残る公園にはすでに夕闇がただよっていて、凍りつきそうな空気だった。ジャングルジムの横に二十人くらいいるだろうか、島内がハンドマイクで演説をしていた。みんな襟元をマフラーでガードして、足踏みをしたりして寒さに堪えていた。赤嶺がこちらに合図を送っていた。

「学友のみなさん、只今不当逮捕されていた学友が、完全黙秘で闘って帰ってきました」

島内が紹介すると、みんなが拍手をして俊之たちを迎えた。俊之は恥ずかしいような思いで一杯だった。「完全黙秘」を誇る気持ちにはなれなかった。もしあのシュプレヒコールがなかったら、本当に危なかったと俊之は思い返していた。

「お前の友だちは、名前と住所を言ってさっき帰ったって、取り調べの刑事に言われたぞ」

俊之が木村に言うと、木村はにっと笑って、

「僕も同じ」

と言った。木村の笑いには、万感の思いが籠もっているように俊之には思えた。それは俊之も同じだった。釈放された喜びが全身に染みわたっていくようだった。

「シュプレヒコール、聞こえた?」

俊之が訊くと、

「うん、聞こえた。ちょうど取り調べの最中だったからね。うれしかった」

俊之には木村の気持ちが手に取るようにわかった。そのとき、竹森が近づいて握手を求めてきた。あれから何時間たっているだろう。俊之たちを心配して待っていてくれたのだろう。ことによったら竹森もデモに加わっていたのかもしれない。それならあのシュプレヒコールには竹森の声も混じっていたことになる。竹森は今にも泣きだすのではないかと思われるほどで、くちびるを振るわせながら言葉が出てこない様子だった。竹森は俊之と木村の手を握ったままで激しく揺らした。そういえば木村の代わりに竹森が逮捕されていた可能性もあったのだった。

「大丈夫だった？　ひどいよね」

ようやく竹森の口から言葉が漏れた。竹森はまだしばらくは差し入れの握り飯を持って、学生会館に通ってきそうだった。

長い一日だった。家庭教師のバイトは延期してもらった。まさか警察に逮捕されたとは言えないので、徹夜で勉強していてうっかり夕方まで寝てしまったと言ったが、あまり説得力のある言い訳ではなかった。子どもは学校から帰ってからずっと遊びにも行かないで、俊之を待っていたらしかった。

7

逮捕されてからちょうど一週間後の朝、酒屋の店先を通って出かけようとしたところを、俊之は久保田夫人に呼び止められた。

「和田さん、今日も食べてないんでしょ？　ちょうどできてるよ、お父さんと一緒に食べて行きな」

「すみません、いつもありがとうございます」

いつものテーブルに向かうと、主人も席についていたが、もう食事を終えて茶を飲んでいるところだった。

「いただきます」

と言って俊之が食べ始めても、主人は席を立とうとしなかった。何か俊之に話したいことがあるようだった。

「和田さん、知り合いの酒屋でアルバイトしないかい？　人間、汗を流して働かなきゃだめだよ。頭だけで考えてると、ろくなことしないからね」

「はあ」

どうも様子がおかしかった。急に酒屋のアルバイトをしろと言われても、とっさには返事のしようがなかった。返事をためらっていると、主人は茶を淹れて俊之の前に置いた。

「和田さん、わしはね、尋常小学校を卒業したらすぐに酒屋に奉公したんだよ」

主人はそれから小僧時代の辛い体験を語り始めた。主人はもともと話し好きという印象ではなかったから、俊之は突然のこの成りゆきをうまく理解できないでいた。俊之は多少身構えながら耳を傾けていた。俊之に話しているうちに昔の辛い感情が蘇《よみがえ》ってきたのだろうか、突然主人は肩を振るわせて泣きはじめた。たかが貧乏学生の店子《たなこ》にすぎない俊之に、肩を振るわせて泣きながら汗水垂らして働くことの大切さを語るのである。なんていい人なんだろうと、俊之は感動しながら聞いていた。しかしどうも主人の口ぶりでは、まるで俊之が汗を流して働くことを否定しているように聞こえるのである。俊之の今の心持ちと目の前の主人の号泣との間には、落差がありすぎて理解が追いついていかなかった。俊之は何かが嚙みあっていないような居心地の悪い思いをしながら、主人の前でかしこまっていた。

「和田さん、警察に捕まったんでしょう？　これから十日に一度くらい、様子を見に来るって、警察の人が言ってたわよ。若いから熱に浮かされてやっちゃうのよ。家の息子も同じ」

いつのまにか、奥さんがそばに来ていた。

――警察が来たのだ！――

俊之の身分証明書には住所も当然書いてあった。警察の網の中にすっぽり捕らえられてしまったような、不気味な不安が脳裏をよぎった。

「ビラを貼ってただけですよ」

俊之が平静を装って言うと、主人は泣きはらした顔をぬぐいながら、ガタンと起ちあがって奥の部屋に上がっていった。どうやら反省していないと思われたようだった。

「向こうの酒屋は友だちだし、ちゃんと言ってあるから、明日から働くのよ」

夫人が有無を言わさぬ口調で俊之に宣言した。夫婦の間で俊之を更正させようと、事前に話しあわれていたようだった。翌日からの酒屋のアルバイトが、俊之の都合を聞かずにすでに決まっていた。しかし断るわけにはいかなかった。久保田夫妻にとって俊之は何の義理も関係もない赤の他人にすぎない。それなのにアルバイト先まで用意して、俊之を更正させようと心を砕いてくれている。なんていい人たちだろうと、俊之はあらためて思った。こんなにやさしい人たちとの間を、警察は何食わぬ顔で切り裂いてきた。こうなった以上、もう部屋を引き払わざるを得ないだろう。警察の単なる嫌がらせなのかもしれなかった。しかしこのままでは世話になりっぱなしの大家夫婦に、余計な不安と心配を与え続けることは確実だった。俊之は言われた通り酒屋のアルバイトに二日だけ通った。そしてその一週間後に、大家夫妻には行先をぼかして板橋に引っ越した。

警察はこのまま自分を放っておくだろうか。不気味な網の中から逃げ切れるだろうか。不安はその後もときどき俊之を襲った。木村と俊之はその後書類送検されたが、起訴はまぬかれた。

8

俊之が二宮に電話で木村の死を知らされたのは、最初の寮生の集いから数えて三年目の夏のことだった。最初の集い以来、木村は連続して参加してきていた。木村はだいたいあまり目立たない隅の席に座っていて、俊之はその都度ちゃんとした話をする機会を持てないで終わっていた。サークルが同じだった二宮を除いて、それほど親しい友人はいないようだった。木村は「誓約書」を強要された時期に大学をやめていたから、昔の思い出のすべてをみんなと共有できない鬱屈を抱えての参加だったのかもしれない。二宮の話によれば、死んで一週間後にアパートの大家に発見されたらしかった。家賃が三ヵ月未納だったこともあって、大家が木村の部屋に入ったのだという。二宮は警察からの問い合わせで木村の自殺を知ったのだった。

「警察は、なんで君のとこに電話してきたの？」

「彼のアドレス帳を見て、片っ端から電話してるみたいだったよ」

木村のアドレス帳にはどんな人間の電話が記されていたのだろうか。俊之には警察からの電話がなかったことを考えると、俊之の電話番号は記されていなかったのだろう。なにしろ三年前に会ったのが三十年ぶりだったのだ。大学を出てからは、お互いにまったく接点がなかったのである。故郷の実家には連絡が行ったのだろうか。木村は五十を過ぎて旧ソ連圏を相手にしていた貿易会社をリストラされたと言っていた。二宮の妻が中学校の英語教師をしている関係で、小さな塾の英語の講師の仕事を紹介したが、長くは続かなかったということだった。

「どうもね、暗すぎるらしいんだよね。それに大学を卒業してないだろ？　塾の信用を得るのがなかなか難しくてね。子どもの親はなおさらだろ?」

　去年の集いでの木村の様子を思い浮かべながら、同じ業界で生きている俊之には、二宮の話がよくわかった。

「最近は派遣で働いてるって、言ってたけどね。仕事があるときは、向こうから携帯に電話があって、何時にどこそこに行けって指示されるらしいよ。一日、七千円から八千円だって言ってたよ」

　電話の向こうで二宮の声が湿り気を帯びてきた。五十代の半ばを過ぎる歳になって、派遣の仕事で食いつなぐのは大変なことだろう。三ヵ月も家賃を溜めた四畳半のアパートの一室で、いったいどんなことを思っていたのだろう。二宮の感情が俊之にも移ってきそうだった。みんなの話に頷きながら、穏やかににっと笑っている木村の表情が俊之の脳裏に浮かんできた。今から考えれば寮生の集いの会費五千円は、木村にとって決して安い額ではなかったはずだ。木村はどういう思いで参加してきたのだろう。俊之はこみ上げてくるものを抑えていた。

　木村の死は、廃学以来一度も訪れることのなかった茗荷谷に俊之を誘った。思いがけず茗荷谷駅のホームには、東京教育大の写真を展示したコーナーが設置してあった。俊之はかつての大学の全景に思わず見入ってしまった。改札を出ると、街はすっかり変貌していた。大まかな区画配置は昔とそんなに変わらないのだろうが、通りを埋めるビルや商店にはまるで馴染みがない。ことによったらすぐ左の角の化粧品店が、俊之の記憶に残っている唯一の店かもしれなかった。春日通りに電柱は昔と同じように立っていたが、俊之と木村がしがみついた駅前の電柱はなくなっていた。おそらく正面に横断歩道ができたので撤去されたのだろう。周辺の風景はほとんど俊之の記憶を刺激してこなかった。春日通りを渡ってその奥に入ったところに、かつての大学の一部が姿を現した。それを見たとき、俊之の脳裏をある場面が走った。それは俊之の内面の深いところで、今もしこりを残しているのかもしれなかった。

「東京教育大学の出身ですか。卒業に六年かかっているようですが、どうしてですか」

「途中一年半も、ストライキやロックアウトで、授業が受けられなかったものですから」

いつものように俊之が答えている。

「ほう、じゃあ四年で卒業できた者は皆無ということですか？」

質問者はことさらに驚いたような表情を見せているが、これは演技なのかもしれない。

「いや、文学部全体で数十人卒業したと思います」

「ほう、一年半も授業がなかったのに、それはまたどうして可能だったのですか？」

受け答えの流れは、どうしてもこうなってしまう。

「途中から誓約書を提出すれば、卒業に必要な授業は受けられるようになったのです」

「ほう、誓約書とはどういうものですか」

この段階で俊之はこの会社も落ちるだろうと覚悟せざるを得なかった。

「簡単に言えば、大学当局を一切批判しないという内容です」

「じゃあ、あなたはそれを拒否したということですか」

人事担当と思われる比較的若い男は容赦なく攻めてきた。

「はい」

「それはどうしてですか」

「良心の問題だと思いました」

質問をはぐらかさないで、俊之はそう答えた。

「なるほど、立派ですね」

感心したように言って、ついで何気なさそうにぽつんと付け加えた。

「四年で卒業した人たちは、良心を売ったということですか」

「いいえ、そうじゃないです。みんなが大学の被害者だったと思います」

喧嘩を売ったようなものかもしれなかった。

「そうですか。あなたのような気骨のある学生が、我が社には必要かもしれません。結果を期待して待っていてください」

うんうんと頷きながら、彼はいつまでも俊之に笑いかけていた。しかし期待した採用通知は届かなかった。

この会社が最後だったと俊之は記憶している。これからは塾の講師で生きていこうという覚悟が定まったのだった。就職を心待ちにしている両親の期待に応えることはできなくなったが、それ以外でできる限りの孝行を誓ったのだった。

かつての東京教育大学は、正面の文学部の建物が小豆色に塗り替えられて筑波大学として残っていた。周囲をぐるりと回ってみて、その奥に教育学部の建物も利用されて残っているのを確認できた。守衛に訊くと、E館とG館だと教えてくれた。呼び名はそのまま以前と同じだった。左手の本館やW館のあった区域とグランドの辺りは公園に姿を変えていた。公園の奥の方の一部に、学生たちがベンチに憩ったり散策したりしていた占春園も残されてはいたが、生い茂る雑草や灌木の中に埋もれていた。附属小学校の子どもたちの声が、その向こうから響いていた。俊之の大学は今残骸ともいうべき姿で、目の前に横たわっていた。

――またもう一度選ぶなら　この大学をわたしは選ぶ――

むかし俊之の書いたあの詩の一節が浮かんできた。「もう一度選ぶなら」と俊之はつぶやいてみた。今この瞬間確信を持って「この大学を選ぶ」と言えるのか？　東京教育大学は九州の宮崎から上京してきた若者の人生を、大きく歪めたのではないか。もし他の大学を選んでいたら、まるで違った青春を謳歌することができたのではなかったか。しかしそんな青春になんの魅力も感じていないことは、俊之自身がとうにわかっていることだった。俊之は予備校業界ではほとんど最年長の世代に属する。人気取りの派手なパフォーマンスに走ることもなく、自然体を貫いてここまで来られたのは、ひとえに東京教育大を生きたという誇りが支えていたからである。東京教育大の日々は、俊之の深いところに息づいて今なお人生を織りなす縦糸となっている。

俊之は春日通りに戻って、お茶の水女子大に向かった。八月末の日差しはさすがにまだ強くて、じりじりと上から焼きつけるようだった。女子大の周辺はほとんど昔と変わっていなかった。昔と同じように若い男子学生がしきりに出入りしていた。しかし昔と違っているのは、出入りの人間を監視している守衛が門の左右に二人もいることだった。これも最近の防犯事情を反映しているのだろう。学生会館を見たかったが、身分を証明するものがなにもないので、許可をもらう面倒を思ってあきらめることにした。

　お茶の水女子大の裏口から出たデモ隊が大塚署に向かった坂道は、すぐに辿ることができた。思っていた以上にこんもりとした木々に覆われた静かな道だった。両側の木々が日差しを遮っていて、ほっとするような涼気を俊之に運んできた。女子大の裏口の門を窺《うかが》ったが、やはり屈強な体格の守衛が門の前に立ちはだかって、俊之を見ていた。俊之はそのままやり過ごして、坂道を下りていった。気がつくと蟬の声が頭上から降っていた。うねるように続く緑の坂道は、正面に大塚署を望む辺りでさらに急な下りになる。坂を下りて音羽通りに出ると、大塚署は三階建てのビルに生まれかわっていて、隣には依然と同じように講談社のビルが控えていた。大塚署の向こうに見える高速道路は、当時からあったかどうか俊之の記憶には残っていなかった。大塚署を釈放された足で向かった公園は、いったいどこだったのか今では見当もつかなかった。音羽通りを渡って、デモ隊がシュプレヒコールを繰り返した大塚署の真横の道路に立ったとき、ここまで歩き詰めだった俊之はびっしょりと汗をかいていた。当時は木造で、二階の窓も大きく取ってあったように記憶しているが、今では単なるコンクリートの側壁に姿を変えていた。俊之の記憶を刺激する景観は残っていなかった。

大塚署のコンクリートの側壁を見上げながら、さっきの問がまた浮かんできた。もしもう一度青春を選ぶならどうするだろう？　俊之の脳裏に浮かんでくる仲間の顔はどれもが、東京教育大学の青春を選ぶと胸を張って言っていた。木村はどう言うだろう。自ら死を選ぶまで寮生の集いに参加し続けていたことは、東京教育大での日々が彼の人生の中でかけがえのない誇らしいものであったことを示しているのではないだろうか。気弱そうににっと笑いながら、「僕も同じ」と言っている木村の姿が浮かんできた。再び噴き出てきた汗をぬぐいながら、俊之は俺も東京教育大学の青春を選ぶと声に出して言った。俊之の中でその答えは鋼鉄の心棒のようなイメージで、背骨を貫通していた。

俊之は踵《きびす》を返して大塚署を後にした。来たときと逆にたどる坂道は思ったより急な上り坂で、俊之は一歩一歩をしっかりと踏みしめるように上った。頭上を覆う木々の葉が風に煽られてざわざわと鳴って、ときどき蝉の声をかき消した。

残照

プロローグ

二〇一九年は「東大闘争」五十年ということで、さまざまなイベントや出版が相継いでいた。テレビで取り上げられるときは、決まって「安田講堂攻防戦」の映像が流された。そのたびに俊之はうんざりして、チャンネルを変えるのが常だった。機動隊と全共闘の芝居じみた衝突にどんな意味があったのか。テレビにとっては「安田講堂攻防戦」が東大闘争そのものであり、したがって象徴なのだろう。

二〇二〇年になって世の中の話題が新型コロナ一色に塗りつぶされると、「東大闘争」が話題になることはまったくなくなった。東大闘争と同じ時期に同じ文京区で、「筑波移転」をめぐって教育大闘争も闘われていたのだが、こちらは当時からほとんど話題にもならないまま現在に至っている。

俊之はかねがね東大闘争がなかったら、教育大闘争は勝っていたに違いないと思ってきた。タラレバの話といわれればそれまでだが、その認識は今も変わっていない。多くの活動家が主戦場である教育大を離れて、東大に駆けつけた。当時は東大闘争こそが〝学園紛争〟の中心だと思われていて、俊之自身も東大の教育学部の廊下に泊まり込んで、全共闘とのしのぎを削るような闘いを強いられたのだった。取り返しの利かない傷を負って、大学から去った人も少なくない。もちろん俊之が「東大闘争がなかったら〜」と思うのは、こんなことが理由ではない。

東大闘争は入試中止の後で「確認書」を取り交わして、ほぼ一年で収束した。しかしその後の東大は、獲得した「確認書」に基づいて新しい東大に向かって前進したのだろうか？　結局のところ東大は何も変わらなかったといわざるを得ない。一方、文部省（当時）と教育大当局は、この瞬間を〝筑波移転〟の最終決着の絶好の機会ととらえたのだった。東京教育大は東大と仲良く入試中止を発表したのである。謀略という以外に、これに相応しい言葉はない。このニュースを受け止めた国民の脳裏には、〝安田講堂攻防戦〟のおよそ大学にふさわしくない映像が教育大闘争にかぶさっていたことだろう。

しかし、東大と東京教育大は全く違っていた。東京教育大の全学闘争委員会（全学闘）は六八年の十一月に全学封鎖を狙ってヘルメットとゲバ棒で校門の守衛所を襲ったが、数十人の徒手空拳の教育大生によって跳ね返されていた。このときすでに全学闘は一般学生から浮き上がっていて、大学の管理運営にとって脅威ではなくなっていたのである。同じころ筑波推進派の牙城だった理学部では、移転慎重派の小寺教授が学部長に選ばれている。各学部の教授会も「移転」の強行に慎重な意見が多数を占めるようになっていた。各学部の学生自治会は、統一代表団を結成して「全学集会」の開催を目指していた。六八年の暮れには「筑波移転」を全学の話し合いのレールに乗せようという声に、大学当局は追い詰められていたのである。こうした動きに押されて、文学部を排除して「移転」を強行してきた評議会自身も「全学集会」の開催を確認せざるを得なくなっていたのだった。

全教育大で「移転問題」を話し合いで解決しようという機運が大きく盛り上がったときに、東大闘争は〝安田講堂攻防戦〟に突入していった。東大闘争の経緯そのものが、筑波推進派に起死回生の強行突破の条件を作り出したといえる。東大と共に入試中止を発表した教育大当局は、二月末には機動隊を導入して全学をロックアウトしてしまう。

これこそが話し合いを求める全学の動きに、最後のとどめを刺すものとなったのである。その後、機動隊によるロックアウトは一年も続いた。その中で「筑波移転」が正式に決定されて、一九七八年に東京教育大学は廃学となった。

東大闘争がなかったら「教育大の筑波移転は阻止できたかもしれない」という思いは、ひとり俊之に限っての思いではないはずである。今さら何をいっているのかといわれれば、もちろんその通りである。俊之一人のごまめの歯ぎしりに過ぎないのだが……。

さまざまな思いが俊之の脳裏に浮かんでは消えていく。あれからもう半世紀以上が経ってしまった。その後俊之は六十歳を過ぎるまで、予備校講師として生きてきた。それなりにおもしろい仕事ではあったが、それ以上ではなかったともいえる。

何かを書き残しておきたいという思いは、おそらく教育大闘争に関わったすべての人に共通しているのではないか。二〇〇〇年の衆議院選挙で初当選を果たした赤嶺政賢を励まそうということで、桐花寮出身者を中心に毎年暮れに「桐の葉のつどい」を開いてきた。たまたま記念となる二十回目からは、オール教育大に拡大して開催することになっていた。それが十九年の十二月のことだった。「教育大闘争を振り返るプロジェクト」の呼びかけは、この場を借りておこなったのだった。ずいぶん前のことのように思えるが、実はまだ一年と少ししか経ってはいない。しかしすべてはここから始まったのだった。

《「教育大闘争を振り返るプロジェクト」の呼びかけ》

昨年は東大闘争五十年で、『季論』という雑誌に座談会の記事が掲載されました。編集長が私の友人でしたので、「教育大も何か書いたら?」と誘われたのがそもそものきっかけでした。そういえば教育大も廃学四十年の記念の年でしたし、今年はロックアウトから五十年目ということになります。そこで三月に「教育大闘争を振り返るプロジェクト」と勝手に名前をつけて、闘争の中心を担っていた人達十人くらいが集まって話し合いの機会を持ちました。もともと教育大闘争に対する関わり方は入学年度と学部によって大きく異なりますが、この会合ではっきりと再確認されたことは、文学部と他学部とは「筑波」に対する関係がまったく違うということでした。他の四学部は筑波と繋がっているけれども、文学部はほぼ完全に切れています。

私の場合は、六六年に文学部漢文学科に入学したその年から、晴天の霹靂のような「筑波移転問題」に巻き込まれていきました。学部六年、修士課程を四年、合わせて十年間を教育大闘争の渦中で過ごしました。研究者として落第生だった私は、流れるままにいつの間にか予備校で教えるようになっていきました。私自身でいえば、それは〝自業自得〟で、人生はそんなものだと思って生きてきました。しかし当時、多くの文学部生が卒業しないままに姿を消したのではなかったでしょうか。彼らは何らかの形で傷つきながら、新しく出現した筑波大学を横目に見て、身の振り方を相談する先生も先輩も友人もなく、教育大闘争のその後の人生を孤独に切り開く生き方を強いられてきたと思います。

実は教育大闘争は、いわゆる「筑波移転反対闘争」ではありませんでした。教育大闘争は私たちにとっては、「大学の自治」をめぐる闘いでした。「筑波移転」に反対だから闘争に加わったわけではありませんでした。学長と評議会による強引で権力的な「移転」の進め方に対して、抗議し反対したのではなかったでしょうか。「筑波移転」の是非という問題は、民主的手続きを経た話し合いの先に浮かび上がるはずの問題でした。教育大闘争において私たちが求めたのは、きちんと学内の民主的なルールに基づいて決めてくれ、ということでした。しかし六八年、六九年になると、学長を先頭とした推進派は、全学闘による「本館封鎖」を最大限に利用しながら反対派を権力的に抑え込み、学生に対しては警察・機動隊を使って弾圧するようになりました。私も含めて大勢の学生たちが学内外で逮捕されていきましたが、実はこのとき、これに対抗する民主主義の内実というものも、私たち自身の内面に厳しく問われていたのだと思います。

私自身にとって〝民主主義〟という言葉は、大学に入るまでは胡散臭くて、吐き気がするほど気持ちの悪い言葉でした。しかし入学と同時に入った桐花寮の生活が、これを一変させてくれました。〝民主主義〟という言葉は、逆に自分の人生の内面的な目標となったのでした。この辺りの事情は「初雪の夜」という小説に書きました。普段から口癖のように〝民主主義〟を連発する先輩の日々の生活ぶりが、実に自由で個性的で、しかもどこから見ても民主的だったのです。先輩の中にある〝民主主義〟は、彼自身を自由にして個性を磨き上げる動力源のようにみえました。彼のような民主主義者に自分もなりたいと心の底から思ったことが、その後の人生の原点の一つになっています。

ロックアウトの直後、茗荷谷駅前の電柱に抗議集会を告知するビラを貼っていて、私も逮捕されました。このときの体験を交えて「もう一度選ぶなら」という拙い小説を書いていますが、これは赤嶺君の初当選を祝って、ここ神保町で開いた桐花寮の集まりから始まっています。参加者のみんなの近況報告を聞いていて、ひどく感動したことがきっかけでした。それは端的にいえば、「全員が教育大闘争を今も闘っている」という感動でした。みんなが地域や職場で、民主主義のために気負うことなく闘っているということの発見でした。高校教師の赤石君（米文）は裁判の最中でした。彼が書いた文章を載せた生徒会誌を、校長が発禁処分にしたらしいのです。赤石君はその校長を相手に裁判闘争を闘っていたのです。こんな〝ちっぽけ〟なことで裁判を起こすなど、私などには考えられない行動でした。しかし表現の自由の制限や人間の尊厳の蹂躙は、日常のこんな〝ちっぽけ〟なところで当たり前に受け止められるようになることこそが、その最終形であるはずなのです。民主主義者としての赤石君が大きく見えた瞬間でした。赤嶺君はもちろんのこと、他の参加者全員が話す近況もまた民主主義を生きている人のそれとして、深く心に残りました。「もう一度選ぶなら」は、このときの感動を元にしています。教育大闘争で鍛えられた〝民主主義〟はこの時代だけのものではなく、その後の人生をも貫くものだったということを書こうとしたものでした。

この間学生の側から教育大闘争を扱った本は、「中教審大学」（新日本新書）と農学部の黒川さんの「東京教育大闘争の敗北」だけです。「中教審大学」は当時の私たちの怒りが生々しく行間に溢れた文章になってはいますが、今では単なる歴史的な資料のひとつになってしまいました。「東京教育大闘争の敗北」は、農学部の黒川さんの二十年をかけた労作で、丹念に資料を集めてあって、きわめて貴重な資料集になっています。しかし特別な関心を持たない人が読み通すには、あまりにも膨大な量です。あれだけの経験をした私たちがこのままで終わっていいのかという思いが、どうしても心の奥に残ってしまいます。私自身についていえば、脳天気な感想だと思う方もいらっしゃると思いますが、教育大の十年間は、その後の人生の背骨を作ってくれたと思っています。

しかし一方で教育大闘争は、特に文学部の闘争は当時の私たちにさまざまな傷を残してもいます。もう思い出したくないという方も多いと思います。しかしそろそろ自分の人生を振り返る時期にさしかかった今、何かしらのしこりとして残っているものに、あらためて光を当ててみることにも、それなりの意味があるのではないでしょうか。

そこで、呼びかけです。それぞれが古稀を過ぎるあたりまで生きてきて、あらためて「教育大闘争は自分にとって何だったか」に思いを馳せながら、自分の人生を振り返ってみませんかという呼びかけです。今の時点から自分の人生を振り返る中で教育大闘争の意味が浮かび上がってくるような、そんな個人史に立脚したアンソロジーが編めないかと思ったりしています。みなさんの参加をお願いします。

1

「教育大闘争を振り返るプロジェクト」の呼びかけは、大きな反響を呼んだ。ほぼ一年後には『私たちの教育大闘争』という本を作ることができたのだ。俊之は事務能力にはまるで自信がない。できれば事務局は担当したくなかったが、いつのまにかそういう役割になってしまった。同時にそれは、俊之にとっては身を削るような老いとの闘いでもあった。最近になって時どき自分で自分を褒めたくなることがあるのは、それだけ深刻に自分の非力と老いに向き合ってきたことの証かもしれなかった。それだけに目の前に完成した『私たちの教育大闘争』は、あらためて俊之にさまざまな感慨を呼び起こした。
第一回の会議に参加したのは、文学部を中心に十人だった。とりあえず文学部を中心に教育大闘争を振り返る論稿を集めてみようということになった。家永三郎に『東京教育大学文学部』という著作がある。東京教育大学文学部が、日本の大学史上はじめて政治権力によって潰されたことを告発している。同時に東京教育大学設立の最初から最後までを見届けた者として、家永三郎の文学部に対する限りない愛着と哀惜の思いが綴られている。しかしそのような思いはひとり教官層だけではなくて、多くの卒業生にも共通した思いなのである。先輩諸氏から十五万円のカンパが早速寄せられて、その後の会場費や通信費などはすべてこれで賄うことができたのだった。教育大闘争にわずかでもかかわったことのある人たちは、今なお特別な思いを抱きながら生きているということなのだろう。その意味でも文学部は特別だったのである。

時計を見ると午前一時だった。こんな夜中に電話を寄越すなんて非常識に過ぎる。携帯なら枕元に置いてあるのだが、家の電話は居間のテレビの横に置いてあった。妻は最近グループホームの食事を作る仕事に出かけるようになった。朝食を用意するために、週に一度は泊まり込んでいる。今夜はちょうどその宿直にあたっていて、妻はいない。せっかく寝付いたところなのに起きだして隣の居間まで行かなければならなかった。俊之の不機嫌は頂点に達していた。

「もしもし……」

不機嫌さをあらわにして電話に出たが、電話の主は俊之の不機嫌にはまるで頓着しなかった。

「もしもし、としちゃん？　わたしよ」

俊之を「としちゃん」と呼ぶのは、宮崎の姉以外にはいなかった。八十六歳になって認知症が進行しているのだが、話し方には淀みがなくて同年代でこれほど流ちょうに話す人はあまりいなかろう。

「ん？　姉さんかあ、まったく。こんな夜中にいったいどうしたのよ」

つい咎めるような調子になったが、姉は一向に気にする気配はなかった。

「あんたねえ、ピーコちゃんがいなくなったんだけど、知らない？」

ピーコは以前飼っていた手乗りの文鳥で、すでに死んでから五年は経っている。

「知らないよ。姉さんは宮崎にいて、俺は東京にいるんだよ」

ピーコが死んでいることは告げないで、そういった。

「あら、そうじゃったねえ。ごめんねえ」

今気が付いたようにそういって、姉はそのまま電話を切った。取り残された俊之は受話器を握ったまま、今夜は眠れないだろうと思った。七人もいた姉兄は、今ではこの姉を残すだけである。姉が心の底から頼りにするのは、たった一人の娘と俊之だけである。姉は夫を亡くして一人暮らしをするようになってから、はっきりと認知症の症状が現れてきた。アルツハイマー型認知症という診断だった。百一歳で死んだ母親の晩年の症状も、今から考えればアルツハイマーのそれだったと思い当たる。頭痛や低血圧、手足の冷えなどの体質を母親から濃厚に受け継いでいる俊之にも、アルツハイマーになる恐れは十分にあるわけである。姉の言動は、何年か後の俊之のそれかもしれなかった。しかも最近その前兆と思えることが重なっていた。やかんを火にかけたまま、パソコンに向かっていたことがあった。「焦げ臭いわねえ」といいながら外出先から帰ってきた妻が、空焚きになっているやかんを発見したのだった。それまでもこんなことは時どきあった。そのつど「しまった！」と思って、うっかりコンロの前を離れたことを反省するのが常だった。しかしこのときは違っていた。自分がやかんを火にかけたこと自体を覚えていなかったのだ。コーヒーを淹れようと思ったような気もしたが、しかしすべてが曖昧だった。これまでとは、物忘れのレベルが数段進んでいることは明らかだった。本格的な認知症が始まったのではないのか。そんなことを姉の電話で思い出してしまった。不安が大きく膨らんで、黒い塊となって腹のあたりを内側から圧してくる。しばらく寝床で目を瞑っていたが、今夜はやはり眠れそうになかった。どうせ眠れないなら、やり掛けの仕事に戻ろうと思った。俊之は三十年くらい予備校の講師として働いたが、現役を退いてからすでに十年以上が経っている。時間に縛られる生活はとっくに過去のものである。夜眠れなければ、昼眠ればいいわけである。俊之は自分にそう言いきかせると、パジャマの上にカーディガンを羽織ってパソコンの前に座った。

坂本憲三の遺稿の整理に取りかかって、ほぼ一月になろうとしていた。坂本は六六年後期の文学部自治会委員長である。統合失調症を発症して青森に帰った後、「青春奮戦記」と題する文章を、『青森文学』（日本民主文学会青森支部誌）に七回にわたって投稿していた。東京教育大学入学と同時に、小岩の新聞販売店に住み込んで働きながら大学に通ったことから書き始められている。そのほとんどが教育大での出来事に費やされていて、教育大闘争がその後の彼の人生に大きく作用したことは明らかである。俊之は坂本と生前にはそれほど親しかったわけではないが、彼の率直で飾らない文章を読んでいて何度も涙が出てきた。青森に帰った坂本は兄の下で大工の修業をしながら、結婚して学習塾を開いたりしたとある。子どもを二人もうけた後離婚しているが、おそらく彼の病気が大きな背景をなしていたのだろう。彼の文章には、妻と子どもたちに対する並々でない愛着が感じられるのである。そんな生活の中で坂本は、執念のようにイタリア語に対する情熱を書き綴っている。坂本にとってイタリア語に習熟することは、東京教育大で勉強したことの証であり、同時に誇りでもあったに違いなかった。

坂本は「私の小・中・高校生時代」という文章の中で、「合浦づら」について書いていた。坂本の出た合浦小学校は貧しい地区で、そこの出身者は顔を見ただけでわかるという意味の差別語である。坂本は怒っていた。松原中学校に入って最初の中間テストで、「合浦づら」の坂本がいきなり三位になって、先生方も驚いたというエピソードを記しているのは、その現れだろう。その後坂本は青森高校にトップ合格を果たして、入学式では全校生徒の前で「誓いの言葉」を読んだという。相当な秀才だったのである。坂本の「誓いの言葉」はラジオで放送されたようで、そのテープを父母に聴かせる場面がある。

――すると突然、父は一人で手拍子をうちながら、歌をうたった。「みなさん、承知の軍隊は、酒と女は禁じられ、お国のためとはいいながら〜」

父はよほどうれしかったのであろう。僕のその後の人生とあわせてみると、このときほど父によろこんでもらったことはない。――

息子が読む「誓いの言葉」がラジオで放送されたのだ。坂本の父親を突き動かしている喜びは、ことによったら彼の人生で一番のものだったのではないだろうか。ときおり自慢の息子に目線をやりながら、いつまでも一人で歌い踊る父親の姿が浮かび上がってくる。誇らしい息子にかけてやるべき「気の利いた自前の言葉」が見当たらないで、内側から湧き上がる喜びに任せて踊っている父親の姿。俊之はこの個所を読みながら、涙がこみあげてきたのだった。坂本の父親の姿が、俊之自身の父親像と重なったのである。俊之の父も同じように武骨で、愛情表現が下手だった。しかし内部にたまった愛情は、折にふれて外側に滲み出してくることがあった。そしてその外側に滲み出してきた愛情が、俊之のその後の人生を大きく踏み出させてくれたのだった。

俊之が中学三年の秋だったと覚えている。上の姉三人はすでに結婚して家を出ていたし、二人の兄は父親を嫌って家に寄り付かなかった。夕飯の食卓に座っていたのは、高校を出て市役所に勤め始めた末の姉と両親と俊之の四人だった。いち早く食べ終わった父が、茶をすすりながら誰にいうともなくいったのである。

「俺ん子どもで、一人くらい大学に行ってもよかっちゃけどなあ」

戦争中に久留米から宮崎に疎開してきた父は、久留米弁と宮崎弁がごちゃまぜになっている。なかなかいい出せなかったことをやっと口にしたような、まるで独り言のようなつぶやきだった。母と姉は食事に集中して、何の反応も見せなかった。それから父は俊之をみようともせずに、口に含んだ茶をごくりと飲み込んで席を立った。すぐ上の兄は工業高校の三年で、すでに大阪への就職が決まっていた。大学進学の可能性があるのは、これから高校進学が待っている俊之一人しかいない。父は俊之に向かって、大学に行けといっているのだ。「大学生になる」という夢のような未来が、体の内側から突き抜けるように広がった瞬間だった。九州に散らばった親戚の中で、大学に進学した者はまだ一人もいなかった時代のことである。父はその後も、俊之のさまざまな選択をすべて支持して支えてくれたのだった。

坂本は二〇一二年に亡くなっている。「青春奮戦記」は、今回の「教育大闘争を振り返るプロジェクト」の呼びかけに応じて書かれた文章ではない。しかし坂本は教育大闘争の真っただ中で文学部の自治会委員長だったのである。そのうえ「青春奮戦記」の大半は教育大闘争に関わって書かれている。編集会議で、彼の文章を載せようと強く主張したのは俊之だった。当然そのままでは長すぎることから、文章の整理は俊之の仕事となった。しかし彼の元の文章をそのまま活かして、七本の文章を適当な長さの一本の文章にまとめることは至難の業だった。もう一月余り取り組んでいる作業であるが、最終的に必要なのは思い切りかもしれなかった。これが終われば、投稿原稿はすでに一七本になっていた。一冊の本にまとめるには十分の量だった。これで『私たちの教育大闘争』の編集も峠を越えることになったのだった。

2

俊之は今年七十五歳になる。こんな人生の最終盤にさしかかっても、なお半世紀以上前の教育大闘争を振り返ろうとするのは、なぜだったのだろう。あらためて考えれば不思議なことである。俊之にとってそれは、その後の人生のすべてがここから始まっているという自覚からだったのだろうか。それとも大学はとっくの昔になくなってしまったけれども、ここで学んで身につけたことは今なお自分の中に息づいていることの確認のためだったか。いずれにしても『私たちの教育大闘争』は、「教育大闘争を振り返るプロジェクト」が産み出した最初の成果だった。最終的には十七人の筆者が十八本の論稿を寄せてくれた。これほどの短い期間に、半世紀も前の出来事を思い起こして文章にすることは、すでに古稀を迎えている高齢者にとって並大抵のことではないはずである。かつての東京教育大学の日々が、一人ひとりの人生の中で今なお大きな意味を持ち続けていることの証明でもあろう。

梨田は暮れから正月にかけて、ほとんど寝ないで『私たちの教育大闘争』の印刷に明け暮れていたらしい。梨田は俊之と同じ漢文学科の同級生で、もう半世紀以上の付き合いになる。彼は〝生涯一中学教師〟を貫いて、定年退職まで文字通り生活のすべてを中学教師として生きてきた。彼以上の中学教師を俊之は知らなかった。パソコンを駆使してビラやポスターなどは苦もなく作る。今回は原稿を集めて整理するまでが主に俊之の仕事で、印刷から製本までの一切を梨田が引き受けたのだった。

梨田は六七年後期の文学部自治会副委員長だった。今まで支持してくれていた学生が雪崩をうって、文学部自治会闘争委員会（文自闘）に走っていった時期の始まりにあたる。それまで笑顔で支持してくれていた学生が、次第に顔を背けるようになっていく。その後あっという間に彼らは文自闘の隊列に加わって、憑かれたような顔つきで梨田を糾弾し始めた。やがて彼らは文自闘を中核にして全学闘争委員会（全学闘）を名乗るようになる。人並外れた正義感と行動力を備えていた梨田を、どれほどの重圧と絶望が襲ったのだろう。自分を支えていた精神的な足場が、ガラガラと崩れていく感覚。借り物の知識や思想は何の役にも立たない。当時の自治会活動にわずかしか関わらなかった俊之には、このとき梨田が抱えていた苦悩を想像することはできない。梨田はほぼ一年間、大学から姿を消した。梨田だけではない、そのまま大学に戻らなかった学生も大勢いる。当時自治会に関わっていた人たちの誰もが、一様に深い傷を負ったのだった。俊之は足場がサークルだっただけに、梨田のような傷を受けることはなかった。しかしそれは幸運としかいいようがない。梨田は失踪した一年間を、埼玉でバーテンダーなどをして働きながら過ごしたという。否応なく自分の内面と向き合わざるを得ない、辛く苦しい一年間だったに違いない。しかしそうした生活の中には、彼が生きるに値するような世界は見つけられなかったのだろう。梨田は大学に戻って、もう一度初めから人生を探り直す道を選んだ。彼は持ち前の正義感の芯の部分に、借り物ではない本当の自分で生きるという覚悟を裏打ちして大学に戻ってきた。当初は選択を先延ばしにするために、大学院に進もうと考えていた。しかし教育実習での生徒たちとの触れ合いを通して、彼は一生の仕事を見つけたのだった。その後の一中学教師としての梨田の人生は、教育大闘争を抜きにしては考えられない。小さくて痩せっぽちの梨田が、生徒を取り返すためにやくざとも渡り合ったという。こうした梨田にみなぎる気迫は教育大闘争を通じて深化した正義感と、中学教師という一生の仕事に巡り合えた喜びとが作り出したものといえる。俊之がときおり梨田に感じた引け目は、一生をかけて悔いのない仕事に生活のすべてを集中しているかという問いに関わっている。その後の梨田は俊之の眼から見て、日本一の中学教師だった。

梨田は家庭用の印刷機でプロも顔負けの印刷技術を駆使して、『私たちの教育大闘争』を作り上げた。まるで工芸品のような出来栄えといってよかった。俊之は出来上がったばかりの本を、しばらくの間擦っていたものだった。表紙はアイボリー系の白っぽいレザック紙を折り込んである。上部に黒字で「私たちの教育大闘争」とあって、下部に「私たちの教育大闘争文学部編集会議」と記されている。中央には、かつての東京教育大学文学部の建物だったE館の水彩画があしらってあった。暗い立木の向こうに、E館が明るく透けて見えている絵柄である。裏表紙にも、秋の木立の中から見えるE館が淡い色彩で小さくぽつんと描かれている。どちらも梨田自身のスケッチを印刷したもので、教育大校舎が取り壊される直前に出かけて行って描いたものらしい。夜も寝ないで一日中、印刷機を稼働させ続けた梨田の思いが、さり気なくにじみ出た装丁になっている。本の体裁はＢ五版で二百五十ページ、活字も高齢者の眼を意識して大きめである。重さを量ってみると五百五十グラムで、ずしりと重かった。

本にはカンパを募る文書と郵便局の振込用紙を挟み込んで関係者に送ったのだが、これにメッセージを添えて振り込まれたものが多かった。これらのメッセージを読むたびに、一人ひとりの胸の中に湧き上がっている教育大への思いが伝わってきた。

――懐かしい人の名前を見ました。若いころの時代を思い出しました――

――編集作業、本当にご苦労様でした。あれこれの思いに駆られながら一読しました――

――ありがとう、うれしかった。『教育大』はまだ小生の胸の中に生きています――

これは北海道に住んでいる俊之の同級生のもので、彼の風貌とあふれる思いが浮かび上がる。彼の胸にも、半世紀以上前の教育大の日々がよみがえっているに違いなかった。

――貴重な『私たちの教育大闘争』記の刊行に祝意を表します。教育大闘争のもとですごした各執筆者のことが率直に語られていて、当時教育大文学部の一教員であった私もなつかしく読ませていただきました――

これは坂本憲三の恩師である暉峻衆三先生からのメッセージである。

同時に俊之のパソコンにもメールが届いてきた。

――本日、『私たちの教育大闘争』、届きました。ありがとうございます。立派な本ですね。装幀も良いいし、表紙の絵も美しいいし、嬉しくなりました。本を開くと、あの日々を思い出します。困難な上にも困難な毎日でした。ただ、闘う意味がある闘いだったと、今でも思います。あまりにも重大な意味を持つ闘いでした。私はどこまでも、そのことにこだわって行きたいと思っています。それを考えるためにも、意義深い本だと思います。ありがとうございました。教育大闘争は無意味でなかっただけでなく、荒廃に終わったものでもなかったと、強く思いました――

これは俊之と同じ漢文学科の二年後輩のメールである。彼は教育大闘争の最も絶望的で、最も困難な時期を担うことになった、最も不幸な学年といえるかもしれなかった。

茨城大学元教授の鈴木宏哉先生からは次のようなメールをいただいた。俊之に直接面識はないのだが、寄贈先の名簿に入っていたのである。長い文章であるが、その中に次のような一節があった。

――頂いた『論集』の、一篇一篇のどれも心に食い入るものばかりです。とりわけ、教育学部とは大きく違っていた、暴力集団との真っ向からの闘いが、青春のエネルギーをどれほど費消させたことか、『筑波移転問題と教育大闘争』の最も尖鋭的な渦中に、たった一度の青春を生き通したみなさんの、今に繋がる在り様が、赤裸々に記されていて、一行一行に、胸を絞られる思いでした。闘争を経て大学を終えた後の、皆さんの生き方にも、他人ごととは思えない、多くの苦悩と、積み重ねられた厚い想念とがにじみ出ています――

この個所を読むたびに、俊之は思わず涙ぐんでしまう。「たった一度の青春を生き通した」ことに対する深い共感が、ひたすらありがたくてうれしいことに思われるのである。教育大闘争は半世紀以上も前のことなのだが、当時の状況と心境とがまるで昨日のことのように鮮明によみがえってくる。俊之はその後の人生の大半を塾や予備校の講師として生きてきたが、その中に今に残る記憶はほとんどないといっていい。しかし教育大闘争の記憶だけは、その後の各時期を貫いて俊之の現在に直結している。

深夜に衆議院議員の赤嶺政賢から携帯にメールが入った。トイレに起きて再び寝床に入ろうとした時、枕もとの携帯の着信音がなったのだった。

――『私たちの教育大闘争』届きました。寄稿したみんなの名前を見るだけで読みたくなる。いま白内障の術後の経過がおもわしくなく困難を抱えている。パソコンにワードで送ってもらうと助かる。その代わり募金ははずむ――

深夜の十二時を過ぎているが、メールを寄越した以上まだ起きているのだろう。折り返し電話をするとすぐに赤嶺が出た。彼は去年の暮れに緑内障の手術もしていた。国会中継などを見る限りそんな様子は微塵も感じられないのだが、まだ本を読むのはかなり辛いらしかった。ワードの文書なら、パソコンで音声に変換して聞くことができるのだという。しかし本一冊分を、ひとつのワードの文書に落とし込めるものだろうか。パソコンが得意でない俊之には見当がつかない。

「原稿を読めないからねえ、その場で臨機応変に話をするしかないだろう？　でもねえ、それが逆にカッコイイっていわれてるよ」

赤嶺はそういって、かっかっと笑った。記者会見でも自分の言葉を持たず、ひたすら用意された原稿を読むだけの菅首相の様子が、テレビでも話題になっていた時期だった。菅首相との比較では笑い話にもならないが、「お互いに年を取っちゃったね」と慰め合って電話を切ったのだった。着々と老化が進行する中でも、赤嶺は相変わらず磊落《らいらく》だった。赤嶺にとっても教育大闘争の日々は、人生の背骨の一部となっているに違いなかった。布団にくるまりながら、赤嶺の国会議員としての多忙な生活を思ってみた。老眼鏡なしで小さい活字を読まなければならないとき、俊之ならイライラして気が狂いそうになってしまう。とても赤嶺のようにはふるまえないだろう。俊之は起きだしてパソコンに向かった。どうせ眠れないのだ。今夜中に処理して、明日早く送ってやろう。最近はこうして深夜に起きだして、パソコンに向かうことが多くなっているように思った。現役を退いてからは、夜に眠れなくなることはすっかりなくなっていたのだが……。最近の俊之の心身に微妙な変調が起きているのかもしれなかった。古稀を迎えたことに愕然としたのはついこの間のような気がしていたが、俊之はまもなく後期高齢者の仲間入りをするのだ。そういえば七十五歳まで生きるなど、若いころには考えてもみなかったなと、ふと思った。

3

俊之が心から安堵していることの一つに、中嶋束《つかね》が生きているうちに『私たちの教育大闘争』を届けることができたということがある。中嶋は俊之と同じ漢文学科の二年先輩である。俊之が入学したときの文学部自治会の委員長だった。かつての教育大闘争で、常に文学部の中心に座っていた人物である。その意味で教育大闘争の裏も表も、高揚も挫折もすべて経験している数少ない人物である。今回の「教育大闘争を振り返るプロジェクト」と『私たちの教育大闘争』の完成を、最も歓迎した一人といっていい。しかしプロジェクトが始動した一九年の五月、中嶋は定期検査に通っている東大病院の待合室で倒れた。中嶋は長らく日本共産党の文京地区委員長だったから、東大病院はかかりつけのような病院だったのである。それから翌年の二月まで、中嶋は東大病院に入院していた。重度の心不全状態で腎臓の機能も落ちていて、手術もできないと宣告されていた。そんな間近に自分の死と向き合う闘病生活の中で、中嶋はプロジェクトのために「教育大闘争&ミニ自分史」を書き上げたのである。苛烈だった教育大闘争の日々を振り返ったことが、その後の中嶋の気力を燃やし続ける原動力の一つになったのではないかと、俊之はひそかに思っていた。

二一年も三月に入ってまもなくのことだった。どうやら寒波が来ているらしかった。午前中は晴れてさわやかだったのに、午後になって雲が出ると急に寒くなってしまった。

小学校二年生のまひるを学童クラブに迎えに行った。まひるは俊之のたった一人の孫である。娘夫婦が同じマンションの八階に住んでいて、学童クラブへの五時のお迎えは俊之の役目だった。保育園と違ってお迎えはもう必要ないのだが、俊之は必ず行くようにしている。一刻も早く孫の顔を見たいということもあるのだが、二人きりの時間は孫の成長を直に感じられる貴重な時間でもあるのだ。

「むらっちは東大に行くんだって」

突然まひるがいった。むらっちは村上という仲良しの同級生の愛称である。

「ふーん、まひるはどうするの？　まひるも東大に行きたい？」

「行かないよ。たぶん高校も行かないよ。」

「おや、そうかい。まひるは頭はいいけど勉強はきらいか。それならいいよ、無理に行かなくても」

今の学校は教師も生徒も徹底的に管理されている。俊之が過ごしてきた学校とはまるで別物といっていい。

「おじいちゃんの大学なら行ってもいいよ」

「うーん、残念だなあ。おじいちゃんの大学はもうないんだ」

「え、なんで？」

はじめて聞く話なのだろう。まひるは大きい眼をあけて見上げている。

「簡単には説明できないなあ。もうちょっと大きくなったら話してあげるよ」

考えてみれば、俊之は人生を学校に救われてきたということができる。小学校に入学したときは、板金工だった父親一人の稼ぎが十人の家族を養っていた。家族のだれもが目先を生きることに懸命で、一番下の俊之のことなどにかまってはいられなかった。ほったらかしの野生児のまま、俊之は小学校に入学したのだった。しかし不安な思いで通った学校は、なんと素敵な場所だったろう。学校は俊之に字を教えてくれたのである。そのうえ数と計算まで教えてくれた。街を歩くと、それまでは変な模様にすぎなかった看板の文字が読めるようになったのである。使いに行けば、お釣りの計算もできるようになった。自分がどんどん利口になっていくという感動を、俊之は今でもありありと思い起こすことができる。その後の中学校も高校もそれぞれに、俊之の人生を豊かに肉付けしてくれた。戦後民主主義が息づいている只中で、俊之は幸運にも学校生活を送ることができたのだろう。東京教育大学はその最後の仕上げだったのかもしれない。今振り返ればそういうことになる。まひるたちを包んでいる現代の学校は、これを系統的に突き崩すことでできあがったものである。俊之の住んでいる建物は小学校の校庭に隣接していて、ベランダから行事のすべてを見ることができる。月曜の朝は校庭で全校朝礼をやっている。長い校長の話を聞いた後で解散になるのだが、生徒は三列縦隊に並ばされて大音響で流される音楽に合わせて行進させられる。教師たちは運動場を走りながら、列が乱れないように注意して回っている。退屈な朝礼を終えて教室に入るときくらい、友だち同士自由にしゃべりながら校舎に入ればいいのに……。学校は教師の仕事を無駄に増やしながら、子どもたちを従順な羊に調教しようとしている。

「まひるは勉強は好きかい？」

「きらい」

はっきりしている。

「じゃあ、まひるが好きなことはなんだい？」

「うーん、ダンスかなあ、ピアノかなあ」

まひるはヒップホップダンスの教室に通っている。ピアノも習いたいといっているらしかった。

「ゆっくり考えて、大好きなことを見つけろよ。じいちゃんと違って、まひるには時間がたっぷりあるから」

まひるがいきなり俊之の手を握ってきて、

「つめたいね」

といって、俊之を見上げた。そのとき胸のポケットに入れてある携帯電話に、メールの着信音があった。俊之は歩きながら携帯を取りだした。

「ママからかなあ」

母親からは帰る予定の時間について、俊之の携帯にメールが時どき入るのである。まひるはランドセルを背負い直している。二年生なのに、まひるのランドセルはすごく重い。メールは中嶋からだった。

「ママからじゃなかった。じいちゃんの友だちからだ」

そういいながら、俊之はメールに素早く目を通した。

——友人のみなさんへ。中嶋束です。私の最近の病状についてお伝えします。今月の血液検査で心臓のBNPの数値が一〇〇〇を越え、医師から重度心不全状態で、いつ心臓の動きが止まってもおかしくない状態と診断されました。機能は常人の一〇％前後。腎臓への血液が長期に少量であった為に、老廃物の濾過ができず、体内にむくみが発生、肺に水が溜まり、呼吸困難になっています。余命数週間の状態です。今は、これまでのご厚情に心から感謝しつつ、ガースー政治打倒、政権交代で毎日、数十人の方に、政治時評ショートメールの発信を楽しみにハーハーふーふーいいながら頑張っています——

とあった。中嶋らしいメールだった。昔からそうだった。教育大闘争のどんなにつらい状況の時でも、いつも真ん中で踏ん張っている人だった。俊之に重苦しい気持ちが広がっていった。中嶋は今月いっぱい、生きられないといっている。つい先日電話で話したばかりだった。一昨年の五月に東大病院の待合室で倒れて、そのまま集中治療室で半年以上治療を続けた。強心剤などの点滴を二四時間管理で用意するという条件を整えて、自宅療養に切り替えてからすでに一年が経つ。いつのまにか、中嶋はこのままいつまでも生き続けるような錯覚に陥っていたのだった。あの時代の生き証人が、また一人消えようとしている。

「おじいちゃん、どうしたの」

まひるが、つないでいる手を強く握ってきた。

「うん？　じいちゃんの友だちの具合が悪いらしくてね。あまり長くは生きられないっていうメールがきたんだよ」

「ええ、そうなの？」

まひるの眼が、心配そうに俊之を見上げている。こんな話題にも、まひるは大人のような反応を見せる子だった。

中嶋は余命数週間を知らせるメールを寄越した後も、次々に文書をまとめては俊之のもとに送ってきた。死を覚悟しての遺言のつもりだったのだろう。そうやってほぼ三週間を生き続けたことになる。

以前東大病院に見舞いに行ったときに、「教育大の思想」について中嶋と話したことがある。もともと三ヵ所に分散していた大学を、一ヵ所に統合移転しようということで始まった移転問題だった。それが途中から筑波研究学園都市の中核に座る大学という、国策に乗るか否かの選択にすり替えられていく。初めから東京教育大の廃学と筑波大学の設立がセットになっていれば、〝筑波移転〟が学内で多数を占めることはあり得なかった。

教育大闘争を振り返るときは、だれもが分岐点として六八年六月の文学部学生大会を思い起こす。十四日の学長選挙を、五四八対五三二という僅差でかわした推進派は、六月二十日の評議会で筑波移転のための「調査費計上」をいきなり決定した（文学部評議員は抗議して退席)。これは事実上の移転決定を意味していた。全学の意向を無視した暴挙として、当然学生は憤激したのだが、この怒りに見合った方針を自治会執行部は提起することができなかった。中嶋は文学部のE館五〇一教室で開かれた学生大会を鮮明に覚えているという。中嶋の目の前で正副委員長が解任され、E館(文学部棟)、G館(教育学部棟)の封鎖が決定されてしまう。その後瞬く間に文自闘＝全学闘による本館(大学本部事務棟)封鎖へと、事態は進んでいったのである。

「目の前でね、我々の強固な支持者や仲間が、次々に連中の対案に賛成して手を挙げてるんだよ。もう頭の中が真っ白になってねえ、それからは、何も考えられなくなったねえ」

中嶋は正直に当時の自分を振り返った。東大病院の二四時間管理の集中治療病棟の一室で、病人とは思えないほどの大きい声だった。

「家に帰ってもぼーっとしていてね、何にも考えられないんだよ。ただいつまでも深夜のテレビをぼんやりと観ててねえ、気が付いたら画面に白い筋が走ってて、シャーっていう雑音だけになってるんだねえ。それで我に返るんだよ。そんなことを、妙に覚えてる。それでも朝になると大学に行って、活動家を集めて指示を出してたよ。頭の中は真っ白だったのにねえ」

中嶋は、「真っ白だった」を何度も強調した。しかし彼は逃げなかった。来る日も来る日も大学に通ったという。その時中嶋を支えていたものが何だったのか、本人にもわからないらしかった。もしここで彼が逃げ出していたら、その後の教育大闘争の展開はなかったかもしれなかった。その後指導部が変わって、「ひるまずに、断固として闘う」という方針を定めたと聞いた。それにしても驚くべき方針だった。これだけを聞けば、何を目的にどういう方法でという、肝心な戦略と戦術を欠いているといえばいえる。しかし当時の状況の中で、それは自明だったのだ。確実にいえることは、それが私たちの勇気を汲み出す方針だったということである。当時の闘争方針は、すべて教育大生が考えて教育大生が実践していたという。その意味でも大勢の外人部隊が集結した東大闘争とはまるで違っていた。そのとき俊之の脳裏に「教育大の思想」という言葉が浮かんだ。これまでにも何かの折に浮かんできた言葉である。

「中嶋さ〜ん、ずいぶん大きい声ですねえ。ナースセンターまで聞こえてますよ」

いきなり若い看護師がそういって笑いながら、病室に入ってきた。中嶋の部屋は完全な個室にはなっていない。重症患者しか入っていない、集中治療の病棟である。廊下から病室の患者の様子がわかる構造になっている。

「いや、彼は大学時代の後輩なんですよ。つい、うれしくてね」

それまでよりさらに大きい声で応えながら、中嶋は笑って俊之を見た。廊下と反対側の窓からはベッドの近くまで太陽の光が差し込んでいて、いよいよ本格的な夏が始まろうとしていた。

「ここは快適だからいいけど、外は暑いですよ。点滴の点検しますねえ」

看護師は笑いながら、てきぱきと体温を測り、六本の点滴を繋いだ装置の目盛を確認していた。

六八年の末には潮目が変わって、「全教育大集会」を開こうという機運が広がっていた。理学部でも移転慎重派の教授が学部長に選出されていたし、評議会も「全学集会」の開催を確認せざるを得ないところにまで追い込まれていたのだった。しかし今から振り返れば不幸なこととしかいえないのだが、折から東大闘争も重大な局面を迎えていたのである。テレビは連日安田講堂を占拠する全共闘運動の動向を流していた。三輪学長と評議会はこれを最大限に利用した。東大と並んで教育大の入試の中止を決定すると、責任を取ると称してさっさと辞任してしまった。こうしてクーデター的に成立したのが宮嶋学長代行の体制で、これはきわめて権力的だった。おそらくこの間には、政府・文部省との緊密な連携があったのだろう。東大はまだしも、このとき教育大が入試を中止する理由はまったくなかったといってよい。したがって宮嶋体制は、東大に負けないくらいの教育大の混乱を内外に宣伝する必要があったのである。宮嶋学長代行が二月二七日に開こうとした「所信表明集会」は、こうした謀略的な狙いを秘めたものだった。当然のことながら全学闘は、「所信表明集会」粉砕に立ち上がるだろう。混乱は必至だった。全学闘の乱入を見越して、機動隊がすぐ近くに配備されている。全学闘の動きを阻止しようと我々が立ち上がれば、学生の内ゲバを阻止するためと称して機動隊が介入する。いずれにしても「所信表明集会」は、無事にはすまないはずだった。巧妙な罠だった。「所信表明」の中身は何もなかった。ただ機動隊が出動できるような、妨害と混乱が現出しさえすればよかったのである。つまるところ大学の自治こそが、宮嶋学長代行と評議会の破壊の対象だったといえる。もはや物事を決めるごく普通のルールというものが、ことごとく大学当局の手で踏みにじられていた。

俊之はこの朝、W館（理学部棟）の廊下に座っていた。前夜から数十人が泊まり込んでいた。数十分後には破局が待っている。胸が圧迫されるような不安と絶望を抑えこみながら、しかし逃げるわけにはいかなかった。全学闘がうごめき、機動隊が静かに出動の時を待っている。数十分後の破局をだれもが覚悟していた。俊之は数十分後に確実に訪れる絶望的な未来を覗いていた。そのとき立ち上がってスピーチをした学生がはたしてだれだったか、肝心な人の顔と名前をはっきりとは覚えていない。当時の理学部自治会委員長の雨森ではなかったか。彼の精悍で意志的な白い顔が、ぼんやりと浮かんでくるだけである。しかしそのとき自分の内部に湧き上がってきた勇気については、今でも鮮やかに思い起こすことができる。

「私たちはこれまで力関係に見合わない方針や独りよがりの方針で闘ったことは一度もありませんでした。しかし事柄が、言論・表現の自由や憲法に保障された基本的人権にかかわるときには、常に体を張って闘ってきました。これが教育大の思想です」

俊之が「教育大の思想」という言葉を耳にしたのは、この時が初めてだったと思う。しかしこのときの俊之には、言論・表現の自由や基本的人権といった概念が、本当に眼前の現実そのものの中に息づいて見えたのだった。不思議な感動だった。大学の現状と未来について構成員自らが話し合って決めることを大学の自治というなら、大学当局はことごとくこれを潰してきた。しかも彼らはわざわざ混乱を作り出して、これに乗じて批判の芽を根こそぎにしようとしている。ごく当たり前の話し合いのルールや機会さえもが、一握りの大学執行部と機動隊によって目の前で潰されようとしていた。自由に考えて自由に表現してみんなで決める、それが生きるに値することなのだ。それを奪われるときは、体を張って闘わなければならない。それが生きるということだ。生きるということはそういうことだ。

今振り返れば、覚えているのはたったこれだけのスピーチに過ぎない。しかしこれが、そのとき俊之の内部から汲めども尽きぬ勇気を産み出したのだった。不思議な体験だった。さまざまな事情が重なって起きた、一種の放電現象というべきかもしれなかった。表現の自由や人権といった概念と、個人の内面に湧き上がる勇気が、人生の意味や喜びと一体のものと意識された最初の体験だった。この時以来「教育大の思想」はその後の人生の背骨となってきたのだと、俊之は今さらに思うのである。

宮嶋学長代行がもくろんだ「所信表明集会」は、惨憺たる失敗に終わった。妨害の主役と期待された全学闘は内部で意見が分かれて意思統一ができず、会場となっている公園には姿さえ現さなかった。したがって「所信表明集会」への参加者は百名にも満たず、なんの混乱も起こらなかったのである。全学の構成員がこれを無視した形となったのだった。しかし大学のロックアウトだけは、予定通りその翌日に強行された。このロックアウトに抗議する集会の告知ビラを茗荷谷駅前の電柱に貼って、俊之が逮捕されたのはその三日後のことである。

中嶋東にこの「教育大の思想」の話をしたとき、彼は即座に膝を打ちながらこんなことをいった。

「うん、『教育大の思想』か、そうだったねえ。大学には入れないから、お茶大の学生会館を借りて会議とかクラス討論をやってただろ。そこにだれかが逮捕されたという連絡が入るとねえ、その場にいる全員がすべての仕事を中断して、すぐに抗議デモを組んで大塚署に押し掛けたよ。大塚署のすぐ横でシュプレヒコールを繰り返して、逮捕された仲間に聞こえるように、がんがんやったねえ。ほんとによく逮捕されてたからねえ。これだけはひるまずに、徹底的に、断固としてやったねえ」

中嶋は思い出すように、うん、うんと頷いている。俊之がはじめて聞く話だった。そうだったのか。あらためて逮捕された時のことを、俊之は思い起こしてみた。俊之の窮地を救ったのは、たしかに取り調べ中に聞こえてきたデモ隊のシュプレヒコールだった。あれで自分を取り戻すことができたのだった。そうか、あれは「教育大の思想」の具体的な現れの一つだったのか。「教育大の思想」は、その後の人生の背骨となっただけではなかったのだ。逮捕されてすぐの取り調べの中で、自分を失ってぐにゃぐにゃになっていた当時の俊之の背骨にも活を入れていたのだった。

4

中嶋の訃報が届いたのは、三月二一日だった。コロナ禍の折から、告別式は家族葬でおこなうというメールが回ってきた。調べてみると、草加の葬祭センターは東武スカイツリーラインの新田駅の近くらしかった。五時に駅で待ち合わせて、そこから歩いていけばいいだろう。とりあえず編集会議の何人かに電話しなければならなかった。まず梨田に電話をかけた。

「中嶋さんが亡くなったこと、連絡は来てる？」

「ん、さっき自分で電話をくれたろ？」

梨田が珍しく咎めるような口調だった。え、さっき自分で電話した？　俊之はぞっとした。ついさっき自分でかけた電話を覚えていないということか。まさか……。

「明日の五時に新田駅に集合するんだろう」

俊之はすっかりうろたえてしまった。新田駅に五時集合という情報は、俊之が自分で決めて伝えようとした連絡内容だった。やっぱり自分で梨田に電話して伝えていたのだ。

「うん、じゃあ明日の五時に新田駅で」

しどろもどろに約束の時間と場所を繰り返して、俊之は電話を切った。背筋が凍り付いたようになって、椅子から立ち上がることができなかった。いよいよ来たかと思った。直前に自分からかけた電話を覚えていないということは、人生で初めての経験だった。次第に息苦しくなって、みぞおちの辺りに吐き気が沸き上がってきた。認知症が急速に進行しているに違いなかった。しばらくして電話をかけなければならない相手が、もう一人いたことに気が付いた。はたして彼には電話をかけたのだろうか。俊之は自分がわからなくなってしまった。懸命に思い出そうとしたが、浮かび上がってくる記憶は何もなかった。しばらくして携帯の履歴を調べればいいことに思い当たった。急いで調べてみると、なんと五分前に彼にも電話をした記録が残っていた。やっぱり彼にも自分で電話をしているのだ。なんということだ。直前にかけた電話の記憶がすっぽりと失われている。これまでの物忘れとは、明らかに次元が違っていた。いよいよ認知症のとば口に立ってしまった。黒い不安が胃のあたりにゆっくりと落ちてわだかまっている。

そこで吐き気が発酵し始めている。一緒に暮らしている妻は何にもいわないが、薄々感じて心配しているのかもしれなかった。

通夜の日は前日からの雨の影響がところどころに残っていて、朝から厚い雲が垂れこめて寒かった。中嶋は死ぬまで精力的な活動家だった。折から草加市議団のスキャンダルが問題になっていた。住んでいる地元のことで、中嶋はここでも闘っていた。遺言のつもりだったのだろう、病床でさまざまな活動の分野の記録を書き上げては、俊之のところにも送ってきた。七十七歳とは思えない、若々しい情熱にあふれた文章である。赤や黄色で色付けまでされていた。ベッドに縛り付けの状態になって、自分の死と向き合いながら燃やし続けた情熱と闘志は並大抵ではない。中嶋の最期を支えたものの一つに、教育大闘争と教育大の思想があったことは明らかだった。このプロジェクトが、かつての多くの仲間を記憶の中から呼び出したに違いなかった。同時にかつての若い情熱と理想も、あらためて運んできたのではないだろうか。

新田駅には八人が集まった。全員が白髪で、歩き方もたしかに老人のそれだった。腰も曲がって、小刻みな歩みを進めている。久しぶりに会ったのだが、あまり話ははずまなかった。仲間の死は、あらためて自分の死と向き合う機会でもあるのだろう。その中には本宮もいた。彼は教育大に人生を歪められたという悔恨を抱きながら、半生を生きてきた。彼は教育大を卒業することもできなかった。その後のさまざまな転職の過程で大学卒業の資格が必要になって、その後中央大学に入り直して卒業したという。本宮はそういう半生記を『私たちの教育大闘争』に寄せていた。

コロナ禍の折、相当参列者を制限しているのだろう。通夜の会場に用意してある椅子席は閑散としていた。中嶋の付き合いの広さを考えれば、こんなものではないはずだった。祭壇中央の遺影は満面の笑みを浮かべていた。その前に安置してある棺の中に、穏やかな顔をして中嶋は眠っていた。祭壇に向かって右手の机の上には、死の直前まで中嶋が続けていた新聞の切り抜き帳が陳列されていた。俊之はその横に『私たちの教育大闘争』を三冊置いた。中嶋の家族全員に、一冊ずつ手元に置いてもらおうというつもりだった。中嶋夫人は俊之の後輩にあたる。中嶋の入院中もさることながら、それに続く自宅療養の一年間は二四時間心の休まるときがなかったに違いない。しかし中嶋が病気で倒れてからの二年間は、それまでほとんど家にいなかった中嶋とずっと一緒にいられたと言って喜んでもいた。苦労を苦労と思わない、意外にたくましい精神の持ち主なのだ。

先ほどからずっと本宮が右手の机の前に立っている。気になって行ってみると、彼の元にも送られているはずの『私たちの教育大闘争』を手に取って眺めていた。横に立つと、本宮は本をぱらぱらとめくりながら俊之にいった。

「和田君、本ができて、ほんとによかったね。うれしいねえ」

コロナ禍の折から、締めくくりの編集会議は開けないままである。本宮の感想を直接聞くのは初めてだった。

「そうですね。よかったですよ、中嶋さんが生きてるうちに間に合いましたから」

本宮は、うん、うんと頷きながら、

「うん、そうだね。うれしいよ、僕もこれでやっと死ねる」

と、つぶやくようにいいながら俊之に笑いかけた。中嶋の死が微妙に本宮の神経を高ぶらせているのだろうか。俊之はそのときはそんな風に思っていた。通夜には卒業以来会っていなかった先輩がいた。俊之が大学院時代に大変な迷惑をかけた、中嶋と同期の先輩である。俊之の人生で大学院時代は、どう考えても汚点としか思えない四年間だった。その一部始終を知っている先輩だった。俊之は身の縮むような思いでいたのだが、彼の穏やかな話しぶりに心が洗われるようだった。

俊之たちは祭壇の前に用意された椅子に座っていたのだが、しばらくして本宮がいないことに気が付いた。トイレにでも行っているのだろうか。部屋を出ると廊下が広くとってあって、向こう側に受付がある。その横の奥まったところに休憩用のソファーが置かれてあった。本宮はそこに一人で座っていた。俊之はたくさんの電車を乗り継いで、ここに来るのに二時間以上かかっている。コロナがなくても俊之はあまり外出はしない方である。ことによったら、本宮も疲れているのかもしれなかった。

「疲れましたね、大丈夫ですか」

本宮は俊之を見て首を振った。

「いやあ、そういうわけじゃないよ。いろいろ物思いにふけってただけだよ」

「本宮さん、さっきこれでやっと死ねるっていってたけど、どういうことですか」

「いや、そのままだよ。正直な感想だよ」

本宮は笑いながら、さらにつづけた。

「娘にも、この本を読ませたんだよね。これまで何にも話して来なかったからねえ。そしたらね、『こんなことがあったんだあ、へえ、知らなかった』っていってたねえ、よかったよ。人生の最後に娘にもわかってもらえたかもしれない」

本宮は、自分の人生を心の底から納得できてはいないのだ。もう一度生き直すようなつもりで、「教育大闘争を振り返るプロジェクト」に参加してきたのではないだろうか。しかし本宮の人生を狂わせたのは、直接的には東大闘争だったはずである。本宮が『私たちの教育大闘争』に寄せた「教育大闘争とその後の人生」には、そう書いてあった。

六八年十一月二二日の東大図書館前の攻防戦である。全学封鎖を狙って総合図書館を襲った全共闘と、これを阻止しようとする全学連行動委員会の部隊がぶつかった。どちらもほとんどが外人部隊である。学園闘争の「天王山」という位置づけで、教育大から動員された本宮はその最前列にいた。双方で二万人を越える部隊が正面からぶつかった。最前列にいた本宮は前後から圧迫されて身動きできず、圧死状態で倒れていたという。大勢に踏まれて転がっていた本宮は、教育大の仲間に助け出されて東大病院に担ぎ込まれたという。そのまま死んでいてもおかしくなかった。翌日病院のスリッパのまま寮に帰った本宮は、それ以来精神の変調が続いたらしい。うつ病を発症したのだろうと書いている。その後本宮は卒業もできないまま、教育大から姿を消した。彼は研究職に就くことを目指して教育大に入学したのだったが、教育大闘争がその願いを打ち砕いたのである。こんな大学に来てしまった無念を噛みしめながら、不本意な人生を送ってきたと記していた。

「本宮さんは、理論、行動、胆力のすべてで、僕らのカリスマでしたよ。きっかけは東大闘争でしょう？」

「うん、東大闘争は、全国の学園闘争の天王山という位置づけだったからねえ。教育大からずいぶん支援に行ったんだよ」

俊之も東大に泊まり込んだことがあるから、それはわかった。でもそれなら恨むべきは東大闘争ではないのか。このあたりが、本宮の文章を読んでいてもう一歩理解できない部分だった。

「本宮さんは東大闘争で負傷して人生を歪められて、その後教育大に恨みを感じて生きてきたわけですよね。教育大で同じような負傷をしたんなら、教育大に恨みを持つのもわかるんですが、東大で負傷して教育大を恨むのは筋違いのような……」

俊之が正直な疑問をぶつけると、本宮は意外にあっさりと答えた。

「いやあ、もし教育大で同じような目にあってたら、そのまま教育大に残って闘ってたと思うよ」

これは俊之の意表を突くような、思いがけない言葉だった。俊之は考え込んでしまった。東大闘争での生死にかかわる負傷という事態そのものが、本宮の人生を歪めた犯人ではなかったということか？　教育大闘争の中での負傷だったなら、彼は不死鳥のように立ち上がることができたのだ。そんな本宮の姿なら、俊之が知っているかつての本宮と寸分の狂いなく重なってくる。支援に行った東大で受けた瀕死の負傷を、教育大生として受け止めることができなかったということなのだろうか。考え込んでいる俊之を、本宮は不思議そうに見ている。

「じゃあ、こういうことですかねえ。教育大闘争の延長で東大闘争に関わったけど、そこでの負傷を教育大闘争の延長という意識で受け止めることはできなかったということですかねえ」

俊之が確認するようないい方をすると、本宮は大きく目を開いて、しばらく自分の心を覗いているような間があった。本宮自身がはじめて考えているような、そんな雰囲気だった。

「うん、そうだね」

本宮は頷きながら、そういった。それなら本宮の人生を歪めたものは、教育大でも教育大闘争でもなかったということになる。犯人は教育大闘争の現場から、東大闘争の現場に彼を送り出した〝理不尽さ〟だったということになる。本宮が教育大に来たことを悔やみながら、一方では誰よりも教育大への愛着を深く持ち続けていることの不思議さの真相が、ようやく俊之の腑に落ちたのだった。

「『これでやっと死ねる』は、本心だからね。人生にこれでまとまりが付いたんだよね」

本宮は俊之の顔を覗くようにして、にこっと笑った。『私たちの教育大闘争』に本宮が書いた文章の最後に、金儲けを第一とする各種の営業職を務めあげてきた経歴の中で、いくつかの人助けをした事例が書かれている。彼はそういうエピソードで埋まるような人生を歩みたかったに違いなかった。本宮は教育大闘争を振り返ることで、取り返しの利かない人生をもう一度生き直して、区切りをつけることができたのだろう。かつて理論的にも人間的にも俊之の尊敬する先輩だった本宮は、五十年以上たってもなお変わらずにそのままだった。

「あんまり密にならないうちに、そろそろ帰らない?」

梨田が近づいてきて、そう告げた。弔問客は断続的に続いていた。

エピローグ

もしこのプロジェクトに参加していなかったら、俊之は今ごろどういう生活を送っていただろうか。ことによったら忍び寄るアルツハイマーの影に怯えながら、ひたすら衰えていく自らの精神と肉体に歯ぎしりするだけの日々を送っていたかもしれなかった。まもなく後期高齢者の仲間入りをする俊之の毎日は、自分の領分から家族の生活、そこからさらに外側の世界へと確実に広がっている。それは、教育大の思想を今も生きているという実感そのものでもあった。しかもそれは俊之だけのものではなかった。教育大が廃学になって半世紀が経とうとしているけれども、みんなの中に教育大の思想は脈々と生きており、こうして『私たちの教育大闘争』として実を結んだのだった。東京教育大学は今なお私たちの中で健在である。すでに大学はないけれども、『私たちの教育大闘争』によってもう一度これを蘇らせることができたのではないかと、俊之はすこしばかり誇らしい気持ちになっている。

「おじいちゃん、一輪車乗りに行こう」

まひるが誘いに来た。これまでは一輪車の練習に付き合うことはなかなか大変だったが、最近ではみるみる上達している。今ではときどき手を貸すだけで、一人ですいすいと乗れるようになっている。

「よし、行こう。公園を抜けて、かえる池まで行くか」

かえる池に通じる一帯を春の風公園という。春には花見の人々でにぎわう公園だが、今は新緑に溢れかえっている。風が吹くと緑が波打つように揺れて、ひばりや四十雀《しじゅうから》の鳴き声がひときわ爽やかである。新型コロナの緊急事態宣言下で、行きかう人は全員がマスクをしている。かえる池には、老人が二人ベンチに座っていた。普段よりはやっぱり人影はまばらである。子どもたちが数人、虫取り網で池の水を掬っている。オタマジャクシはもういないと思われるが、どうやら小魚がいるらしい。

「おじいちゃん、向こうのベンチのところまで行って、帰ってくるから見てて」

平坦な道なら、もうどこまでも走っていける。

「ああ、いいよ。自転車にぶつからないように注意しろよ」

まひるは上手に人を避けながら走っていった。

『私たちの教育大闘争』の編集、製作、刊行、発送といったすべての仕事が終わって、俊之は心の底からほっとしていた。それほどの迷惑は、プロジェクトのメンバーに掛けなかったのではないか。進行している脳の劣化に不安はあるが、結局はなるようにしかならないのだ。

かえる池には大きな数匹の錦鯉がいつのころからか、我が物顔に泳ぎ回るようになっている。ときどき白鷺が現れて小魚を狙っているのだが、今日は姿が見えなかった。俊之はしばらくの間、かえる池の欄干に体を預けて、さしてきれいではない池の水面に目をやっていた。

それにしても、坂本憲三の遺児の健介君が見つかったという情報には驚かされた。実は坂本と同じ経済学科だった河原の身近に、以前からいたというのだった。彼の元部下の女性の結婚した相手だった。何度も一緒に食事をしていて青森出身の坂本姓なのに、これまで坂本の息子だとは思いもよらなかったらしい。『私たちの教育大闘争』が、そのきっかけになったのである。茨城空港の近くの空の駅「そ・ら・ら」で、私たちは彼に会った。一歳半の息子を抱いて現れた健介君は、ほれぼれするような落ち着きのある青年実業家だった。坂本の背を少し高くして都会的な洗練と落ち着きを加えたような、どこから見ても坂本の息子だった。

坂本は病気のせいで、ときどき酔って訪ねてきては暴れることがあったらしい。そういうわけで、彼と家族にとって父親のイメージはあまりいいものではなかったという。しかし『私たちの教育大闘争』を読んで、印象が変わったらしかった。大学時代の仲間が、こんなにも父のことを慕ってくれていることを知ってうれしいといっていた。それは私たちにとっても、なによりうれしい言葉だった。「そ・ら・ら」の中庭で記念写真を撮ったのだが、一番喜んでいるのは坂本に違いなかった。我々の周りを坂本が、うれしさのあまり歌い、踊っている様子が目に見えるようだった。

「おじいちゃん、なにぼーっとしてるの」

まひるがそういいながら、いきなり抱きついてきた。一輪車の場合、両脚は常にペダルを踏んでいなければならない。何かにつかまらなければ止まれないのだ。

「おじいちゃん、今度は反対に歩道橋の下まで行って帰ってくるね」

まひるはちょっと息を弾ませながらそういうと、すぐに春の風公園を北に向かって一輪車を走らせていった。

解説

安藤信廣

1　教育大の思想

【教育大の思想】

小説『残照』の一場面で、一人の学生が立ちあがって次のように発言している。一九六九年二月二七日の朝、東京教育大学の理学部棟での場面である。

「私たちはこれまで力関係に見合わない方針や独りよがりの方針で闘ったことは一度もありませんでした。しかし事柄が、言論・表現の自由や憲法に保障された基本的人権にかかわるときには、常に体を張って闘ってきました。これが教育大の思想です。」

この学生の発言は場面の意味から切り離したら、見過ごされてしまうかもしれないほど静かな言葉である。しかし場面は、どこまでも緊迫したものだった。東京教育大学への機動隊導入の前日である。

俊之はこの朝、W館（理学部棟）の廊下に座っていた。前夜から数十人が泊まり込んでいた。数十分後には破局が待っている。胸が圧迫されるような不安と絶望を抑えこみながら、しかし逃げるわけにはいかなかった。全学闘がうごめき、機動隊が静かに出動の時を待っている。数十分後の破局をだれもが覚悟していた。俊之は数十分後に確実に訪れる絶望的な未来を覗いていた。

そして「そのとき立ち上がってスピーチをした学生」が先のように語ったという。おだやかな言葉づかいが、かえってこの学生と、この場に座っていた学生たちの思索の深さと倫理性を物語っている。立ち上がった学生が誰だったのか、理学部自治会委員長の雨森だったかもしれないが、和田俊之ははっきりとは思い出せない。それはもう半世紀も前のことだからだが、また「これが教育大の思想です」と結ばれているとおり、この場に座っていた教育大の学生たちが共有していた思いだったからでもある。

学生の言葉は、二つのことを語っている。「私たちはこれまで力関係に見合わない方針や独りよがりの方針で闘ったことは一度もありませんでした」というのは、一見過激に見える方針や無謀だが何か効果のありそうな方針を提起したことはないという自負を示している。二十世紀の政治史にくりかえし登場したデマゴーグのようにはふるまわなかったという自負である。教育大で「全学闘」を名乗った学生たちは、正門の封鎖や本館の封鎖というような過激に見える、しかし実際には無意味な方針を次々に提起し、多くの学生が持っていた大学当局への怒りに迎合し、それを単なる暴力行為に変質させようとした。そのような状況の中で、過激でもなく暴力にも頼らずに政府、文部省、大学当局と対決してゆく方針を貫くことは、困難な道だった。だがその困難な道をあえて提起し、その道を実際に歩いてきたのだという自負が、この言葉の中に語られている。

もう一方で、「しかし事柄が、言論・表現の自由や憲法に保障された基本的人権にかかわるときには、常に体を張って闘ってきました」と、この学生は語っている。「自由」と「人権」にかかわるときには、権力への激しい抵抗をあえて辞さなかった。これもおだやかな言葉づかいだが、語られている中身はあまりにも厳しい。人間が手放すことのできないもの――「自由」と「人権」――が脅かされるときには、自分自身の判断に基づいて、身を挺して闘ってきた。その誇りを自分の中に確かめ、廊下に座りながら聞いている友人たちの中にも、確認したのである。「これが教育大の思想です」という最後の一言は、ある一人の学生の言葉だったが、それはそこに居合わせた全員が、全員にむかってかけた言葉でもあった。

【著者　真木和泉】

本書の著者、真木和泉（本名、巻和泉）は、一九四六（昭和二一）年、宮崎県宮崎市に生まれた。宮崎県立大宮高校を卒業し、一九六六（昭和四一）年、東京教育大学文学部文学科漢文学専攻に入学した。

入学後間もなく、著者は東京教育大学闘争（教育大闘争）の渦中に身を置くことになる。教育大闘争は、一九六八（昭和四三）年には、東大闘争、日大闘争とならんで、日本の大学における最も激しく厳しい闘いとして知られた。教育大闘争の重大な課題と過酷な実像、十年を越える闘争の長さは、東大・日大以上だったが、両校のようにはマスコミによって大々的に取り上げられなかった。六年間、著者はその教育大闘争の渦中に身を置いた。

一九七二（昭和四七）年、東京教育大学卒業。同時に、同大学院文学研究科中国古典学専攻修士課程に入学、中国近現代文学を中心に学ぶ。一九七六（昭和五一）年、同課程修了。

その後、私立武蔵高校、麻布学園高校、東京高専講師などを経て、代々木ゼミナール講師となる。二十年以上、同校の教壇に立ち、退職。

この時期から、小説を書き始める。同時に、教育大闘争の意義と、自己がそこに参加した意味を探求することに強い意欲を持ち、本書に収められた二篇の作品が生まれた。

二〇〇八（平成二十）年六月、『民主文学』に『もう一度選ぶなら』掲載。

二〇〇九（平成二一）年七月、『民主文学』に『初雪の夜』掲載。

二〇一九年に「『教育大闘争を振り返るプロジェクト』の呼びかけ」を出し、主に文学部卒業生を中心に文章を集め、『私たちの教育大闘争』（私たちの教育大闘争文学部編集会議編、二〇二一年一月）を刊行する中心的役割を、須山敦行とともに担った。
その後、二〇二一（令和三）年、『残照』を書き下ろし、上記二篇とともに一書としたのが、本書『小説　私の東京教育大学』である。
教育大闘争をみつめた本書のほかに、『母の背中』、『缶の音』、『西瓜』、『夏の終わり』などを『民主文学』誌上に発表している。

【東京教育大学】

本書の三篇の小説は、すべて東京教育大学の闘争にかかわるので、東京教育大学の沿革を簡単に示しておく。

明治維新とともに、新政府は近代的学校教育の確立が急務であることを強く意識し、一八七三（明治五）年、学校教育をになう教師の養成のために、江戸幕府の学問所であった昌平黌（昌平坂学問所）の地に、師範学校を設立した。これが東京教育大学の出発点である。

一八八六（明治十九）年、高等師範学校となる。後、大塚に移転。一九〇二（明治三五）年、東京高等師範学校と改称。

一九二三（大正十二）年、東京高等師範学校の上に、東京文理科大学を設置することを国会議決。

一九四五（昭和二十）年、太平洋戦争末期の東京空襲により、校舎一部被災。終戦。

一九四九（昭和二四）年、東京文理科大学・東京高等師範学校・東京農業教育専門学校（一九三七年創立）・東京体育専門学校（一九四一年創立）を統合して、東京教育大学を設置。文学部・理学部・教育学部（以上、大塚（茗荷谷）キャンパス）・農学部（駒場キャンパス）・体育学部（幡ヶ谷キャンパス）の五学部をもって発足した。

東京教育大学は、かつて高等師範学校として日本の学校教育の中心だった。戦前の軍国主義教育に大きな責任を負ったことは免れることのできない事実である。新制東京教育大学は総合大学として出発したが、戦前の軍国主義教育への反省の上に立って、民主的教育と自由な研究を重視した。

一九五六（昭和三一）年に学長に就任した朝永振一郎は、大学の自治を尊重し、五学部の一致を重視した大学運営の原則をまとめ、一九六二（昭和三七）年、「大学の管理制度について」（朝永原則）を提示、大学評議会はこれを承認した。

2　教育大闘争

【筑波「移転」問題と教育大闘争】

新制東京教育大学は、東京文理科大学以来のアカデミズムの伝統と、東京高等師範学校以来の教育への責任意識を強く持つ、独自の総合大学として発展した。その社会的評価もきわめて高く、受験の世界では難関大学として知られた。学生たちの卒業後の進路はさまざまだが、特に高等学校、中学校の教師となる者が多く、小学校教育、特殊教育に携わる者もあり、熱意と見識をもった教育者として評価される者が多かった。大学などの研究機関に進み、研究者となる者も多数にのぼった。

一方、大学内部には発足当初から大きな問題があった。キャンパスが狭小だったことと、そのキャンパスが三ヵ所（大塚、駒場、幡ヶ谷）に分れていたことだった。このため、広いキャンパスを得て統合移転をすることを各部局が希望し、適地を探しはじめていた。

一九六三（昭和三八）年八月、政府は、東京に集中している官庁およびその付属研究機関を移転させ、筑波に研究学園都市を設置することを閣議了承した。そしてその中核となる国立大学として、教育大に移転の意思決定を求めてきたが、学内では慎重論が多く、決定は見送られた。学内の「移転研究委員会」の中間的答申では、「大学の理念に照らし合せた、大学の側からの構想」による検討が必要である、としていた。

しかし政府・文部省は、筑波研究学園都市の中核として教育大を「移転」させるという方針を捨てず、三輪知雄学長ら学内の筑波移転強行派とともに、執拗に筑波「移転」を強要しつづけた。しかも三輪学長は文部省の代弁をするという形で、一九六六（昭和四一）年十一月、筑波「移転」問題は実際には、東京教育大学のスクラップ・アンド・ビルドであることを明らかにした。教育大を解体し、政府の思い通りになる大学を作るという構想が、政府内ですでにたてられていたのである。

【教育大闘争の激化――一九六七年以後】

一九六七（昭和四二）年六月十日、評議会は、文学部教授会の正式の同意の無いまま、「条件付きで筑波に土地確保を希望する」ことを決定した。

この「土地確保決定」に対して、各学部の学生自治会は反対を表明し、ストライキに突入した。学生の闘いは一気に激しいものとなった。

一九六八（昭和四三）年六月の学長選挙で筑波推進派の三輪光雄が僅差で当選すると、六月二十日、評議会は、筑波移転に関する調査費の予算計上を決定した。移転を既成事実化するこの「調査費計上」に対して学生自治会はただちにストライキを含む抗議行動を起こした。しかし文学部では、後に全学闘を名乗る学生たちの「無期限スト突入、G・E館（文・教育学部棟）バリケード封鎖」の方針が採択され、民主的執行部がリコールされた。また、「筑波移転の事務手続きをストップするため」として「本館封鎖」が行われた。全学闘を名乗るようになった勢力の「本館封鎖」方針は、しかし何の実効性ももたず、後に政府・文部省と移転強行派に入試中止・機動隊導入の口実をあたえた。

それに対して、理・教・農学部自治会は、ストライキ闘争を継続しながら、学長・評議会団交（全学集会）を要求し、クラス・学科会議や教授会との話し合いを重ねた。その結果九月二五日、ついに農学部教授会は「調査費計上」を撤回することを決定した。

十一月に入ると、各学部教授会は「調査費計上」撤回を検討するようになり、大学評議会は、五学部学生代表と話しあうことを、各学部自治会に回答するに至った。全学集会を開き、筑波移転強行をはばむ可能性が、現実のものとなってきた。

そのとき、全学闘は「全学封鎖」を主張し、十一月二六日、それを実行しようとした。

全学闘は、評議会と民主的な自治会との団交（全学集会）の成功を恐れたのである。各自治会や学内団体だけでなく、多くの文学部学生も、全学封鎖をはばむために、全学闘と対決することを選択した。正門わきにかけつけた学生・教職員を、同日夕刻、全学闘がヘルメットをかぶり、角材をもって襲撃した。学生・教職員はそれに対して深夜にいたるまでスクラムを組んで対抗し、ついに素手で全学封鎖を阻止した。

だが移転強行派は、全学闘に握られていた文学部自治会が団体交渉（全学集会）の代表を出さないことを口実に、全学集会の開催を拒んだ。そして政府・文部省は東大と教育大は自力で紛争を解決できないと「認定」し、十二月末、東大、教育大の入試中止を決定した。

移転強行に反対し大学の民主的運営を求める勢力は、入試中止をはばむために、一九六九（昭和四四）年一月、「ストライキ解除」によって国家権力の介入をふせぎ、入試実現をかちとり、全学集会を実現することを提案した。各自治会は、真剣な討議のすえに、ストライキ解除を決定した。だが全学闘に握られていた文学部自治会では、学生大会が開かれたものの、民主勢力の提案はわずかに過半数に達せず、「本館封鎖」がつづいた。

一月、東大に機動隊が入り、次に政府・文部省は、「本館封鎖」解除を名目にして教育大への機動隊導入を準備した。

二月二八日、教育大に機動隊が入り、ロックアウト体制が敷かれた。民主勢力は抗議行動をおこなったが、「本館封鎖死守」と言っていた全学闘は、姿を見せなかった。

ロックアウト下で、民主勢力は警察機動隊が支配している大学構内にひそかに入構して集会をひらき、そのたびに強制「排除」され、逮捕者も多数にのぼった。政府は「大学の運営に関する臨時措置法」（大学法）の制定に力をそそぎ、七月二四日、衆議院文教委員会で強行採決をおこなった。そして同じ七月二四日、教育大においては、評議会で「筑波移転最終決定」が強行採決された。同日、「最終決定反対全教育大集会」（第五回）が大塚本館前で開催され、ロックアウト下にもかかわらず八百名近い学生・大学院生・教職員が集まった。機動隊が集会を襲い、抵抗した学生たちは暴行を受け、二名が逮捕され、三名の重傷者をふくむ多数の負傷者が出た。文学部では、解体した自治会を再建するために多くの学生が奔走し、九月三十日、ついに臨時学生大会をひらき、全学闘の執行部をリコール、臨時執行部を選出して、自治会を再建した。

教育大闘争は、一九六九年以後もひきつがれ、学生・教職員の権利を守る闘争は、一九七八（昭和五三）年の教育大の廃学までつづいた。筑波大学においても、優れた学術研究と教育、及び民主的運営を実現する営為はつづいていると考えられる。

【教育大闘争の意味】

教育大闘争は、複雑な課題を背負った闘いだった。それは何よりまず、大学の民主的運営を求め、筑波移転強行に反対する闘いだった。また教育大を廃学から救い、大学の自主的発展をかちとろうとする闘いだった。さらに、国家や大企業、軍事産業に追従する科学技術体制に反対し、科学技術の民主的発展を守る闘いだった。こうした課題は複雑にからみあっていたが、そのどれをとっても、日本の大学のあり方にかかわる根本的な問題だった。

「科学技術の民主的発展を守る」という課題をとりあげても、教育大闘争は政府の根本的な科学技術政策と対決していた。

一九六四年九月の臨時行政調査会答申「科学技術行政の改革に関する意見」は、筑波研究学園都市を必要とする理由として、「国際競争のなかで高度経済成長を達成するためには……わが国独自の科学技術の開発が必要である」と述べている。ここで明らかなのは、日本の科学技術開発は「高度経済成長を達成するために」おこなわれる、という思想である。

一九六九年四月に移転強行派が発表した「筑波における新大学のビジョン」（「筑波ビジョン」）も、新大学は「たえざる科学技術の進歩発展のなかにある高度な産業社会へ向かって」『開かれた大学』であることを目指す、としている。「たえざる科学技術の進歩発展のなかにある高度な産業社会」のための大学が目標となっているのである。しかし、科学技術の無批判の暴走が人類の生存さえおびやかしかねないことは、今日明らかであるだけでなく、すでに一九六〇年代から明らかになっていた。

この「筑波ビジョン」に対して、民主勢力の側からは、一九六九年十月段階で、次のような批判が示されている。（東京教育大学闘争記録編集委員会編『中教審大学』一一四頁）（「筑波ビジョン」の）このような方向・志向からは大学が厳しい真理探究と国民の幸福を願い、その実践をめざして学問・教育に励む場であり、そのことを通じて現実の社会にたいし批判的立場を堅持するという姿勢は求むべくもない……。このような社会にたいする姿勢を大学が堅持するためには、大学の自治と研究・教育の自由を自ら保障していかねばならない。

自然科学研究を、政府や財界からの一方的な要求に従って進めるのでなく、より高い視点にたって進展させるためには、政府の要請や経済的利害から独立した大学自身による民主的な検討が必要であり、そのためには大学の自治が必要である。教育大闘争は、その視点を守り、日本政府の科学技術政策を批判し、実際に政府・文部省の攻撃の矢面に立って闘ったものだった。

また、それ以上に教育大闘争は、「大学の民主的運営を求め、筑波移転強行に反対する」闘いだった。

移転強行そのものが、大学の民主的運営の原則に反して進められ、それを破壊する行為だった。筑波に行くのは将来の学生であり、現在の学生には関係がないという態度を、民主勢力も、大多数の教育大学生もとらなかった。破壊されているのは現在の大学の民主主義であって、非民主的な大学の状態を変革するために闘うのだという立場を、教育大の民主勢力は守った。破壊されて行く民主主義を放置するならば、やがて民主主義は崩壊してしまう。民主主義は、それを守る営為によってのみ民主主義であり得る。

大学は本来、大学構成員にたいして民主主義のプロセスを保障し、国家からも財界からも自立して——しかし当然学外からの意見にも耳を傾けて——大学自身の責任において大学のあり方を判断していかなければならない。自立した大学は、民主主義のプロセスを通じて、自己を自己の力で高い視点に立たせなくてはならない。

大学の民主主義は、構成員一人ひとりの力によって守るほかにない。その思いを支えに、多くの教育大学生が、困難な闘いに参加した。

「大学の自主的発展」という問題についても、移転強行派はそもそも自主的発展という構想をもたず、一切の反対意見を封殺することによって、大学の多彩な発展の可能性を閉ざした。民主的な検討の積み重ねこそ、大学の未来を豊かなものにできたはずだった。しかし結果として、大学の未来を民主的に検討し、自主的発展をかちとるという目標は、果たされなかった。教育大闘争は、国家権力によって自分たちの大学がスクラップ・アンド・ビルドされることに抵抗するという過酷な闘争だった。教育大は最初から、深い淵のまえに立たされていたのである。しかし、国家権力の圧力に抗し、十年にわたって闘いつづけたことは、政府の文教政策の恣意的展開をはばむ力になった。

政府・文部省は、教育大闘争の後、長い時間をかけて、学校教育法の改悪、大学の自治への介入、日本学術会議の独立性への攻撃などを重ねてきた。それは現在もつづいている。五十年前の教育大闘争は、その攻撃に対する最初期の、厳しい闘いだった。

3 『小説　私の東京教育大学』

【『初雪の夜』】

真木和泉の『小説　私の東京教育大学』に収められた三篇の作品は、著者がかかわった教育大闘争をふりかえり、その意味を問いなおしたものである。単なる懐古ではない。教育大闘争にかかわりつづけた体験を内面化しようとしたものである。

『初雪の夜』は、一九六六年の春から語り出される。和田俊之は東京教育大学に合格し、宮崎から上京してきて学生寮（桐花寮）に入寮する。教育大闘争はしだいに激しいものになってきていたが、それでもキャンパスにも寮にも、「学びの場所」のおだやかさがあった。その寮を中心とした「民主主義と自治の気風」が、静かにえがかれている。

寮の同室には、体育学部六年の江原がいた。四人で一室の部屋の最長老だが、「俊之がそれまで聞いていた学生寮の上級生の雰囲気とはまるで違っていた。」江原は「部屋のみんなの生活に関係することは、民主的に話し合いで決める」と言う。「厭世的な心情」をかかえて生きてきた和田俊之にとって、全く想像したこともない異次元の存在だった。

このときから俊之は「民主主義」と向きあうことになる。教科書に箇条書きされた民主主義ではなく、民主主義を生きる人間の姿を、目のまえに見るのである。部屋の掃除をする日には、上級学年の学生が率先して床を拭いている。江原が出資して同室のコンパを開くのに、あみだくじで当たってしまった江原が買い出しに行く。そうしたさまざまな出来事を通じて、学生寮に生きている民主主義の空気を俊之は知ってゆく。

寮生の群像は、それぞれに光を放っている。鈴木という理学部三年の学生がいる。鈴木は、「人間はべつに意味を持って生まれてきたわけじゃない」ということに苦しみ続けている。「江原さん、宇宙はね、あるときぽっとできちゃったんですよ」と鈴木は言う。無意味に生まれ、無意味に死んでゆく宇宙。その中に存在する人間がどのようにして存在の意味を見出せるのか。鈴木はそれをまともに考えつづけている。理学部の学生であることが、彼を宇宙の前に立たせ、彼は素手でその無意味さと格闘している。

寮に暖房器具を備えつけることを要求して、寮生たちは署名運動を始める。俊之は上級生の竹森に署名を頼むが、「ストーブくらい、自分で買ったら」と断られ、恥ずかしさでいっぱいになる。寮にもどってそのことを話すと、江原の理路整然とした言葉の後に、寝転がっていた鈴木が突然口をはさむ。「決めた、俺は明日から署名用紙を持って大学に行くよ。その代わり和田、お前はそいつ（竹森）から署名を取ってこい。」宇宙の無意味さに呑みこまれかかっていた鈴木が、社会的活動に向きあうことを宣言する。鈴木ほどではなかったとしても、多くの学生が存在の意味に悩んだに違いない。その答えは、各自が自己の中に創造してゆくほかにない。しかしその創造の場としての一人ひとりの人間は、相互に守られなければならない。それが人権であり、その相互尊重のあり方が民主主義である。鈴木は宇宙の無意味さと格闘しながら、一方で桐花寮の民主主義に支えられて、社会的行動の意志を深く育てていたのである。鈴木の変化に励まされて、俊之は竹森から署名を得る。

一月のある夜、初雪が降る。夜半に「寮生のみなさん、初雪が積もりました。各寮対抗の雪合戦をやりましょう」という放送が響いた。赤嶺の声らしい。沖縄から来た赤嶺も、宮崎から来た俊之も、雪には特別な興奮を覚える。寮生たちは庭のヒマラヤ杉のまわりで、雪玉を投げ合う。杉の枝に積もっていた雪がどさどさと落ちてくる。

この最後の場面で、月の光を散乱させながら「雪の破片」が飛び散るのを見上げた学生たちの姿は、どこか神話の一瞬のような印象を受ける。雪は、両義的である。美しさと、冷たさとをもっている。民主主義を思想として生きる者も、存在論的な悩みの中にある者も、多様な可能性を秘めた若い命だった。彼らが華麗な雪の「ページェント」を見上げながら、その美しさに見入っているとき、過酷な闘いの時間が迫っていた。だが逆に、過酷な闘いの時間の中でも、この神話的な一瞬は生きつづけたと想像される。

【『もう一度選ぶなら』】

『もう一度選ぶなら』は、東京教育大学を卒業してから三十年ほど予備校の講師をしてきた和田俊之が、かつての寮生たちの集まりに参加し、そこで再会した木村の自死を知る三年後までの時間を、断続的にえがいている。そしてその間に、一九六九年のロックアウト下の闘争、とくに和田が木村とともに逮捕された一日の記憶がえがかれている。和田は一九七〇年に「東京教育大学にあざみが咲いた」という詩をつくり、その最後に「もしもう一度選ぶなら／この大学をわたしは選ぶ」と記した。小説の題名はそこから来ている。三十年後の和田は、かつての教育大の建物や木村とともに逮捕された警察署をたどりながら、その詩を思い出し、今でもそう言えるだろうかと自問する。そして寮生たちの集まりで再会した人々、自死した木村の姿を脳裏にうかべ、彼らとともに、「この大学を選ぶ」と言うであろう自分を確かめる。

教育大に機動隊が導入された一九六九年二月二八日の朝、目覚めた和田は、窓のすき間から吹き込んで枕元に積もっていた雪に気づく。「雪は閃光を放っていた。」アルバイトを終えて、夕刻、大学に行くと、はじめてロックアウトされていることを知る。大学の中は、雪の「ほの白い闇の底に封じ込められていた。」四日後、「昨日もまた雪が降ったので歩道はぬかるんで」いた。ロックアウト抗議集会を告げるビラを、和田は靴を濡らしながら、木村は「しっかりと雪を踏んで」電柱に貼ってゆく。そして逮捕、別々に連行、訊問される。心理的に追い込まれたとき、不当逮捕に抗議して警察署までやってきた教育大学生たちのシュプレヒコールが聞こえ、和田は立ち直る。釈放されて、「雪の残る公園」で待ち受けていた学生たちに迎えられ、同じように耐えた木村と言葉を交わす。

和田俊之の記憶は、「雪」に貫かれている。朝の雪は閃光を放ち、厳しさと輝かしさを感じさせる。雪は両義的である。ロックアウトの大学では白い闇となり、ビラを貼りに行くときには俊之の靴を濡らした。しかし、木村は「しっかりと雪を踏んで」歩いていた。そのことを、俊之は思い出している。「貧しい農村の秀才という雰囲気」の木村の底にひそんでいる力と気高さを、俊之は見逃さなかった。雪の残る公園で友人たちに迎えられるが、雪は過酷な現実と、それを越える紐帯を、同時に示している。そして俊之は、木村がその場で、「僕も同じ」と笑って言った一言を忘れなかった。

大学から姿を消し、生活に困窮して三十年後に自死するに至った木村も、もう一度教育大の青春を選ぶと言うだろうかと、俊之は考える。そして、木村がきっとそう言うに違いないことを確信する。それは直接的には、木村が寮生の集いに参加していたことを思い出したからだ。だが実はその底流に、一九六九年の一日の記憶が俊之の中に生きつづけていたからでもある。雪は、記憶の隠された意味を浮かびあがらせる。俊之はすでに一九六九年の雪の日に、木村が「もう一度選ぶなら／この大学を選ぶ」と言うであろうことを、心の奥底で知っていたのだ。

【『残照』】

『残照』では、二〇二一年の現在の時間が語られる。和田俊之は、自己の老いをかかえながら、二〇一九年の暮れに「教育大闘争を振り返るプロジェクト」を立ち上げ、二〇二一年の春先には『私たちの教育大闘争』の刊行にこぎつけた。その過程を、現在進行形のように語る。

俊之は『私たちの教育大闘争』に載せるために、坂本憲三の遺稿を整理する。坂本はかつて教育大文学部自治会委員長だったが、激しい闘争の日々を経て統合失調症を発症し、青森に帰って大工や塾講師となり、結婚をして子どもをもうけたが離婚、二〇一二年に亡くなった。坂本は貧しい家庭に育った。青森高校にトップで合格し、入学式では「誓いの言葉」を全校生徒の前で読んだ。「誓いの言葉」はラジオで放送され、そのテープを両親に聞かせると、気の利いた言葉が出ない父親は手拍子を打って、「みなさん、承知の軍隊は、酒と女は禁じられ、お国のためとはいいながら〜」と歌いだす。坂本の遺稿に記されたそのエピソードを読んで、俊之は涙がこみあげてくる。自分の父の姿と重なったからだ。

坂本も俊之も、親の期待に応えようとする、少し古風な倫理をもっている。それが特に坂本には重圧ともなったらしい。上記のエピソードの後に、坂本は、「僕のその後の人生とあわせてみると、このときほど父によろこんでもらったことはない」と記している。一方、俊之は自分の父を回想し、「父はその後も、俊之のさまざまな選択をすべて支持して支えてくれた」と言う。俊之は、自分の父の姿を語ることによって、坂本の父も深い所で坂本を支持していたに違いないことを、死んだ坂本にむかって語りかけている。倫理は、時に、古めかしい。坂本も俊之も、少し古風な倫理をもっていることによって、人間として誠実に生きることを背負いつづけた。もっと古風な父たちは、それを理解してくれたはずだ。教育大闘争において、坂本も俊之も深く傷つきながら、誠実に闘った。それ自体が、父たちの期待への答えだったのである。

『残照』には、多くの教育大生の現在がえがかれる。『初雪の夜』で神話的雪合戦を呼びかけた赤嶺は、衆議院議員になっている。文学部自治会副委員長だった梨田は、全学闘派が自治会を握るようになったころ、あまりの重圧に姿を消したが、一年後には決意して大学にもどり、生徒をとりもどすためにやくざとも渡り合うような教師となった。中嶋東は、長く教育大闘争の中心として責任を果たし、その後は共産党の地区委員長となったが、二年前に病にたおれ、自分の病状を友人たちにメールで送信し、「余命数週間の状態です」と報告する。剛毅な人柄を示す言葉通り、二〇二一年三月に他界する。生前の中嶋を見舞って、俊之は中嶋と語りあう。闘争の当時、すべての闘争方針は教育大生自身が考え実践していた、そして「ひるまずに断固として闘う」というのが根本方針だったということから、「教育大の思想」という言葉が俊之の脳裏に浮かんだ。中嶋はそれを、逮捕された友人たちを救うために、くりかえし抗議デモを組織するという、組織者の立場で理解する。俊之は救われた側だったが、どちらも非人間的な力に対して「ひるまずに断固として」闘う姿勢を貫いた。俊之は中嶋に触発されつつ、「教育大の思想」という言葉について考えつづける。

そしてたどりついた記憶のひとつが、解説の冒頭に引いた言葉であり、場面だった。「教育大の思想」という言葉にみちびかれて過去の記憶と現在の時間を行き来したのが、『残照』の世界だった。中嶋の葬儀で、自分の後輩にあたる中嶋の妻の姿に、「苦労を苦労と思わない」たくましさを見いだす。そこに「教育大の思想」の片鱗を見ているのである。

だがその直後に、本宮が『私たちの教育大闘争』を手にして、「僕もこれでやっと死ねる」と俊之にむかってつぶやく。本宮は一九六八年十一月、東大闘争の支援に動員され、全共闘と衝突、強度の圧迫状態で意識を失い、東大病院に担ぎ込まれ、精神に変調をきたした。以後、教育大から姿を消し、いくつかの人助けをしたが、「不本意な人生を送ってきた」と『私たちの教育大闘争』に自ら述懐する。俊之は、そこに目を注いでいる。

『残照』は、「教育大の思想」を問いつづけた作品である。だが「教育大の思想」を、単に闘争の思想ととらえているわけではない。『小説　私の東京教育大学』に現れる人々は、皆どこかに「不本意」を背負っている。教育大闘争の只中でさまざまな傷を負い、あるいはその傷がその後の人生にさらに重い打撃となった。和田俊之自身も、木村も、坂本も、誰もが、『初雪の夜』に現れた学生たちと同様に、優れた才能と輝かしい可能性を秘めた人々だったが、教育大闘争をくぐりぬけて「不本意」を強いられなかった者は一人としていない。その中でも本宮の体験の過酷さと葛藤の深さは、俊之の想像を超えていた。だが本宮は、その葛藤を生きることによって、教育大闘争の深い倫理的意味を示したのだろう。東大闘争に動員されて圧死しかかるという不条理の中に投げ込まれた者は、ともかくも教育大で闘っていた者より大きな「不本意」を背負わざるを得なかった。だが本宮はその「不本意」の中で、それにもかかわらず、誠実に生きる態度を捨てていない。本宮が「いくつかの人助け」をしたことを述懐している点に、俊之は注目している。本宮自身は決してそれを声高に語ってはいないが、しかし俊之はそこに注目しているのである。それは不本意な人生の中でも、本宮が他者を救おうとする態度を貫いたことを示している。本宮のささやかで抑制的な述懐の中に、俊之は本宮の本質をとらえる。不条理も不本意も、彼の誠実な生き方を圧し潰すことはできなかったのである。「教育大の思想」という言葉を、そういう本宮の態度の根底に、俊之は見ている。自分の人生も他の人々の人生も、教育大闘争によってさまざまな不本意を背負っている。にもかかわらず、誰もが「教育大の思想」をかつての日々の中でそれぞれにつかみ出し、今もなお、それぞれにつかみなおして生きている。『残照』は、その重なりあう姿の重々しい意味をえがき出したのである。

（あんどう・のぶひろ、一九六八年東京教育大学入学、東京女子大学名誉教授）

小説《しょうせつ》　私《わたし》の東京《とうきょう》教育《きょういく》大学《だいがく》

二〇二一年　九月二二日　初版第一刷発行
　　　　　一〇月一四日　第二刷発行

著　者　真木 和泉
発行者　新舩 海三郎
発行所　本の泉社
〒一一二-〇〇〇五
東京都文京区水道二-一〇-九　板倉ビル二階
Tel　〇三（五八一〇）一五八一
FAX　〇三（五八一〇）一五八二
http://www.honnoizumi.co.jp/
DTP　杵鞭 真一
印刷　音羽印刷株式会社
製本　株式会社村上製本所

ISBN978-4-7807-1824-9　C0093